ちくま文庫

アンソロジー

カレーライス!! 大盛り

杉田淳子 編

筑摩書房

目次

本文イラスト 竹田嘉文

本書中に登場する人物や店舗の情報は作品が書かれた当時のものです。

アンソロジー　カレーライス!!　大盛り

カレーライス

池波正太郎

〔カレーライス〕とよぶよりは、むしろ〔ライスカレー〕とよびたい。

戦前の東京の下町では、そうよびならわしていた。

この食べものを、はじめて口にしたのは、むろん、母の手料理によってである。

母がつくる洋食らしきものといえば、ライスカレーに、じゃがいものコロッケ。それにカツ丼《どん》ぐらいなものだったろう。

いまから四十年も前の、母がつくるライスカレーは、大きな鍋《なべ》へ湯をわかし、これへ豚肉の細切《こまぎ》れやにんじん、じゃがいも、たまねぎなどをぶちこみ、煮あがったところへ、カレー粉とメリケン粉を入れてかきまわし、これを御飯の上へたっぷりかける、というものであって、それでも母が、

「今夜は、ライスカレーだよ」

というと、私の眼の色が変ったものである。

小学校へ入った私は、四人の先生の世話になったが、一年二年を担当された九万田《くまた》貢《みつぎ》先生は鹿児島出身の薩摩《さつま》隼人《はやと》で、この方は、浅草・永住町の私の家の、すぐ近くに住んでおられ、夫人は薩摩琵琶《さつまびわ》を教えていた。

いかにも九州男子の風貌《ふうぼう》をそなえた九万田先生は、当時、三十七、八歳であったろうか。そのころの私どもの印象としては四十すぎにも五十にも見えた。

この先生に対して、父兄の尊敬は非常に厚かった。

われわれがいたずらをしたり、なまけたりすると容赦なく体罰を加える先生なのだが、だれひとり、これを怒ったりうらんだりするものがない。

この先生、昼食の時間になると、キャラメルを五粒ほど食べる。これが昼飯がわりであった。質素きわまる。そして、

「みんなは、ごはんを食べていなはれ。食べながら、これを見なさい」

といい、所蔵の絵画の軸を黒板の上へ掛けならべ、われわれに鑑賞させるのである。

そして、ていねいに説明をしてくれる。

絵が好きな私の祖父が、このことを知って感激し、平福百穂《ひらふくひゃくすい》か何かの絵を描いた袱《ふく》紗《さ》を九万田先生へ贈ったことがある。

いまは故郷の九州へ引きこもられた八十余歳の先生が、数年前に上京した折り、

「あの百穂の袱紗は、いまもたいせつにしていますよ」

と、私にいわれた。

九万田先生は、このように質実な人であった。

四年を担当された立子山恒長《たつこやまつねなが》先生というのは、映画俳優でいうなら、さしずめ、亡《な》きウィリアム・ポウエルのごとき風貌で、端正《たんせい》な、温厚な人である。

この立子山先生、昼飯は、九万田先生同様に教室で生徒と共にめしあがる。

それはよいのだが、毎日、近くの洋食屋からカツレツだのビフテキだの、カレーライスなどを出前させ、ナイフやフォークをぴらぴらさせながら、めしあがるものだから、

「なにも、おれたちに見せびらかさなくてもいいじゃあねえか」

などと、われわれ海苔弁《のりべん》生徒は、大いにひがんだものだ。

しかし、立子山先生の不評は、いっこうにきかぬ。それというのも、先生のあたたかいこころが、われわれに知らず知らずに、つたわっていたからであろう。

そのころ、私は十歳。父母が離婚したのち、父方の伯父伯母のもとへ引取られていたので、伯父は立子山先生に、私のことをよくよくたのみに行ったらしいが、それを

私は知らなかった。

　ある日の放課後に、立子山先生が私を人気《ひとけ》もない図画室へつれて行き、

「君は、ほんとうのお父さんやお母さんと、別れて暮しているそうだね。谷中《やなか》の伯父さんからきいたよ」

　と、いう。

「ハイ」

「どうだね。つらいことはないか?」

「べつに、アリマセン」

　そこへ、カレーライスが、洋食屋からはこばれてきた。

「さ、おあがり」

「ボクに、……いいンですか?」

「君に食べてもらおうとおもって、とったのだよ」

「ハイ。いただきます」

　私は遠慮も何もない。すぐにスプーンをとって食べはじめたが、いやこのときのカレーライスのおいしかったことは、とてもとても、母がつくるライスカレーのおよぶところではなかったことを、いまもおぼえている。

そして……

一気に食べ終えて、

「ゴチソウサマでした」

スプーンを皿において、先生の顔を見あげたとき、私は、子供ごころに、なんともいえぬ感動をおぼえたものだ。

そのときの、私を凝《じ》っと見まもっている立子山先生の慈愛にみちあふれた笑顔を、いまもって私は忘れかねている。

父母の離婚によって、伯父の家へあずけられた生徒に対する先生の愛護の心情を、私は直感的に、うけとめることができた。

そのとき、われ知らず、私は泪《なみだ》ぐんでいた。

すると先生は「よし、よし」というふうに何度もうなずき、

「何か困ったことがあったときは、私にいいなさいよ」

と、いって下すった。

以後、私はのびのびと学校へ来て、元気そのものだったので、立子山先生も安心されたらしく、二度と、こうした場面はなかった。それにしても私にとって、この図画室で御馳走《ごちそう》になったカレーライスほど、強烈な印象を残している食べものはない。

別の先生が担当だった三年生のとき、私の成績表の〔操行《そうこう》〕は、全部乙か丙であった。平常のおこないがよろしくない、ということだ。

それが立子山先生になってから、全部〔甲〕にもどった。

立子山先生は、これも八十をこえて、いま、都下のある町で幼稚園の園長をしておられる。

◇

戦前の銀座のレストラン〔モナミ〕のカレーライス。あんなにうまいカレーライスがあったろうか……。

などというのも、人それぞれの追憶の心情が食べものにむすびついているからで、好みは千差万別がよいのである。

先日、渋谷へ出たついでに、十何年ぶりかで百軒店《ひゃつけんだな》のカレーライスの店〔ムルギー〕へ立寄って見た。

私は戦後、いつまでも株式取引所が再開されぬので、東京都の職員となり、戦前の自分の生活と、

「いさぎよく、手を切った」

のであった。

だから、戦前の私と戦後の私とは、

「まるで、人が変った」

と、よく、むかしの兜町《しま》の友だちにいわれたものだ。

それが戦後二十七年を経た現在、小説書きという自由業になりきっているから、

「すっかり正ちゃん、むかしの気分にもどったねえ」

旧友が、そういってくれる。ただし生活がもどったのではない。あくまでも「気分がもどった……」らしいのであるが、自分でも（なるほど、そうかも知れないな）と、おもえるふしがないでもない。

私の東京都職員の生活は、はじめに保健所の環境衛生の仕事から、のちに税務事務所へまわされ、渋谷に近いM地区へ勤務することになり、そこの税金徴収員となった。これは各種地方税を滞納した家を一軒一軒とりたてて歩くのだから、もっとも厭《いや》な役割であった。

しかしやって見ると意外にも、二十何人もいる徴収員の中で、私の成績は五番と下らなかった。それでいて私は、ほとんど午前中に、予定した金額を徴収してしまったものだ。そのかわり前の晩は、二時間ほど、じっくりと考えておく。どうしたら滞納

者との間にトラブルを起さず、スムーズに滞納金をとりたてられるか……を、である。
三、四年、この係をやって、いわゆる〔差押え〕の赤札を貼《は》りつけてきたのは、ただの二回にすぎない。
一度は、かつての某大臣の私邸。

一度は、共産党員の家。

双方とも、細君が私に罵詈雑言《ばりぞうごん》のかぎりをあびせかけたからだ。

差押えをして役所に帰ると、大臣私邸では、すぐに、わずかな滞納金をおさめに来て、何事もなかった。

ところが共産党員のときは、夕暮れになって役所へもどると、門前から玄関にかけて、赤旗が林立している。もっともそのとき、私は共産党員の細君の罵詈をたしなめるため、その頬を一つ張り飛ばしてやったからであろう。

このときの係長は、なかなかたいしたもので、私をかばい、党員たちに対して一歩も退かなかった。

そのかわり私は、半年間の〔減俸〕をくらった。これがいまだったら大問題となったにちがいない。

当時はまだ、世の中ものんびりしたところがあったものだ。

そのころの私は、昼飯時になると、M地区から自転車を飛ばして渋谷へ行き、毎日いろいろなものを食べた。

その中で、もっとも頻繁《ひんぱん》に通ったのが百軒店の〔ムルギー〕だったのである。

小さな店だが、売りもののカレーライスに独自のものがあり、日ごとに食べても飽きなかった。

ライスを、ヒマラヤの高峰のごとく皿の片隅へもりあげ、チキンカレーを、ライスの山腹の草原のごとくにみたす。

どちらかというと黒い色の、辛いカレーで、香りのよさがたちまちに食欲をそそる。

これが当時、一皿七十円であった。

卵入りが百円。

ほかに、カリーチャワルと称する印度焼飯があり、これが百二十円ほどではなかったか……。

それが十何年ぶりに行って見ると、ムルギーカレーが二百五十円になっている。

(ウヘ……高くなったな)

と、おもったが、七十円からいきなり二百五十円の印象がそうさせたのであって、この十何年の、他の食べものの値上りにくらべて見ると〔ムルギー〕のカレーは、やはり安い。物事はすべて、比較がたいせつなのである。

味は、むかしといささかも変らぬ……というよりも、むしろ、ぐっとうまくなっていた。

この店も、大阪のシューマイ屋〔阿み彦〕と同じような商売の仕方をくずさないことが、はっきりと見てとれた。

店は、むかしとくらべて大分にひろくなったようだが、依然、気取りもてらいもない、よい店であった。

夏は、カレーライスの季節である。

私の家でも、よくつくるが、このときは、むかし風の〔ライスカレー〕にする。

といっても、老母のごとく、なんでも彼でも鍋《なべ》へぶちこんで、搔《か》きまわす、というわけにも行かぬ。

おなぐさみに、私が自分でつくるときのライスカレーのつくり方を、ちょいと書いてみようか。つぎのごとくだ。

① 脂《あぶら》の多い豚肉を一口大に切って、塩・コショウと共に、カレー粉を小さじ一杯、ふりかけておく。

② 少量の玉ねぎ、にんじん、じゃがいも、それにニンニク、ショウガをみじん切りにし、厚手の鍋を使って、サラダオイルでいためる。小麦粉を加え、褐色になるまでいためてから、カレー粉を小さじ二杯加え、さらにいため、固型スープをお湯カップ三杯にとかして加え、カレー・ルウをつくる。

③ 豚肉、じゃがいも、にんじん、玉ねぎを強火で別々にいため、前のカレー・ルウに入れて煮込み、カレー粉大さじ半杯を加えて仕上げる。

③のときの野菜は、②のときのルウのダシにする野菜とは別に、大きめに切っておく、私は、じゃがいも、にんじん、玉ねぎの形がハッキリとカレーの中に浮いているのが好きだ。

私の〔ライスカレー〕は、カレーのスープを御飯にかけたようなもので、あまり、どろどろしていないのである。

昔カレー

向田邦子

人間の記憶というのはどういう仕組みになっているのだろうか。他人様のことは知らないが、私の場合、こと食べものに関してはダブルスになっているようだ。例えば、

「東海林太郎と松茸」

という具合である。

五つか六つの頃だったと思う。

夜更けに急の来客があり、祖母は私の手を引いて松茸を買いに行った。八百屋のガラス戸を叩いて店を開けてもらい、黄色っぽい裸電球の下で、用心深く松茸の根本の虫喰いを調べる祖母の手つきを見た記憶がある。そして、ラジオだか往来を通る酔っぱらいだったのか、東海林太郎の歌が聞えていた。

歌詞も覚えている。

〽ほうらおじさん　また来たよ
　強い光は　わしじゃない

何という歌なのか、前後はどういう文句なのか、いまだに知らない。たしかお巡りさんの歌のような気もするが、生来の横着者で、たしかめることもしていない。いや、この歌詞だって間違っているかも知れない。なにしろ私ときたら「田原坂《たばるざか》」の歌い出しのところを、

〽雨は降る降る　跛《ちんば》は濡れる

と思い込んでいた人間なのだ。

勿論、〝人馬は濡れる〟が正しいのだが、私の頭の中の絵は片足を引く武士である。どういうわけか、両側が竹藪になった急な坂を、手負いの武士が落ちてゆく。その中に足の傷を布でしばり、槍にすがってよろめきながら、無情の雨に濡れてゆく若い武士がいて、幼い私は、この歌を聞くと可哀そうで泣きそうになったものだ。

〽越すに越されぬ田原坂

最近、このことを作詞家の阿久悠氏に話したところ、氏は大笑いをされ、体を二つ折りにして苦しんでおられた。

「天皇とカレーライス」

という組合せもある。

半年ほど前の天皇皇后両陛下の記者会見のテレビを見ていて、急によみがえった記憶である。

これも冬の夜更けなのだが、幼い私は一人で雨戸を閉めている。庭はまっ暗で、築山や石灯籠のあたりに何かひそんでいそうで、早く閉めたいのだが、雨戸は何枚もあり、途中でひっかかったりして、なかなか閉まらない。

縁側もうす暗く、取り込んだ物干竿に、裏返しになった白足袋と黒足袋が半乾きのまま凍ってほつれた縫い目がこわばって揺れ、カレーの匂いが漂っていた。

この日私は、天皇の悪口をいって父にひどくどなられたのだ。

「そんな罰当りなことをいう奴にはメシを食わせるな!」

悪口といったところで、子供のことである。せいぜいヘンな顔をしたオジサンねえ、くらいのことだったと思うが、昔気質《かたぎ》で癇癖の強い父は許さなかった。御真影こそなかったが、父は天皇陛下を敬愛していたから、祖母や母の取りなしも聞き入れず、私は夜の食事は抜き。罰として雨戸を閉めさせられていたのだ。

ライスカレーは大好物だったから、私は口惜しく悲しかった。茶の間からラジオのニュースが聞え、「リッペントロップ」という言葉を繰り返した。私は涙をこらえ、

「リッペントロップ。リッペントロップ」

とつぶやきながら雨戸を閉めていた。

リッペントロップというのは、当時のドイツの外相の名前であろう。いずれにしても「天皇・ライスカレー・リッペントロップ」——この三題噺は私以外には判らないだろう。

こういう場合、叱られた子供は、晩酌で酔った父が寝てしまってから、母と祖母の給仕で、一人だけの夕食をしたらしいがその記憶ははっきりしていない。


ほととぎすと河鹿《かじか》と皇后陛下の声は聞いたことがない。私は長いこと、こんな冗談をいっていた。ふっくらしたお顔や雰囲気から、東山千栄子さんのようなお声に違いないと思い込んでいたので、開会の辞よりも井戸端会議のほうが似合いそうな、いささか下世話なハスキーボイスに、少々びっくりした。

七年前に死んだ父が、このお声を聞いたら何といっただろうか。

「井戸端会議とは何というい草だ。いかに世の中が変ったからといって、いっていい冗談と悪い冗談がある。そんな了見だからお前は幾つになっても嫁の貰い手がないんだ。メシなんか食うな！」

まあ、こんなところであろう。

子供の頃は憎んだ父の気短かも、死なれてみると懐しい。そのせいかライスカレーの匂いには必ず怒った父の姿が、薬味の福神漬のようにくっついている。

子供の頃、我家のライスカレーは二つの鍋に分かれていた。アルミニュームの大きい鍋に入った家族用と、アルマイトの小鍋に入った「お父さんのカレー」の二種類である。「お父さんのカレー」は肉も多く色が濃かった。大人向きに辛口に出来ていたのだろう。そして、父の前にだけ水のコップがあった。

父は、何でも自分だけ特別扱いにしないと機嫌の悪い人であった。家庭的に恵まれず、高等小学校卒の学歴で、苦学しながら保険会社の給仕に入り、年若くして支店長になって、馬鹿にされまいと肩ひじ張って生きていたせいだと思うが、食卓も家族と一緒を嫌がり、沖縄塗りの一人用の高足膳を使っていた。

私は早く大人になって、水を飲みながらライスカレーを食べたいな、と思ったものだ。

父にとっては、別ごしらえの辛いカレーも、コップの水も、一人だけ金線の入っている大ぶりの西洋皿も、父親の権威を再確認するための小道具だったに違いない。

食事中、父はよくどなった。

今から考えると、よく毎晩文句のタネがつづいたものだと感心してしまうのだが、夕食は女房子供への訓戒の場であった。

晩酌で酔った顔に飛び切り辛いライスカレーである。父の顔はますます真赤になり、汗が吹き出す。ソースをジャブジャブかけながら、叱言《こごと》をいい、それ水だ、紅しょうがをのせろ、汗を拭け、と母をこき使う。

うどん粉の多い昔風のライスカレーのせいだろう、母の前のカレーが、冷えて皮膜をかぶり、皺が寄るのが子供心に悲しかった。

父が怒り出すと、私達はスプーンが――いや、当時はそんな洒落たいい方はしなかった。お匙《さじ》が皿に当って音を立てないように注意しいしい食べていた。

一人だけ匙を使わなかった祖母が、これも粗相のないように気を遣いながら、食べにくそうに箸を動かしていたのが心に残っている。

あれは何燭光だったのか、茶の間の電灯はうす暗かった。傘に緑色のリリアンのカバーがかかっていた。そのリリアンにうっすらとほこりがたまっているのが見え、あれが見つかると、お母さんがまた叱られる、とおびえたことも覚えている。

白い割烹着《かっぽうぎ》に水仕事で赤くふくらんだ母の手首には、いつも、二、三本の輪ゴムがはまっていた。当時、輪ゴムは貴重品だったのか。

シーンとした音のない茶の間のライスカレーの記憶に、伴奏音楽がつくのはどういうわけなのだろう。

東山三十六峰　草木も眠る丑《うし》三つどき

なぜかこの声が聞えてくるのである。

その当時流行ったものなのか、それとも、この文句を、子供なりに食卓の緊張感とダブらせて覚え込んでしまったものなのか、自分でも見当がつかない。

いままでに随分いろいろなカレーを食べた。目黒の油面《あぶらめん》小学校の、校門の横にあったパン屋で、母にかくれて食べたカレーパン。出版社に就職して、残業の時にお世話になった日本橋の「たいめい軒」と「紅花」のカレー。銀座では「三笠会館」、戸川エマ先生にご馳走になった「資生堂」のもおいしかった。キリのほうでは、バンコクの路上で食べた一杯十八円ナリの、魚の浮き袋の入ったカレーが忘れ難い。

だが、我が生涯の最もケッタイなカレーということになると、女学校一年の時に、四国の高松で食べたものであろう。

当時、高松支店長をしていた父が東京本社へ転任になり、県立第一高女に入ったばかりの私は一学期が済むまでお茶の師匠をしているうちへ預けられた。

東京風の濃い味から関西風のうす味に変ったこともあったが、おかずの足りないのが切なかった。父の仕事の関係もあって、いわゆる「もらい物」が多く、暮し向きの割には食卓が賑やかなうちに育っただけに、つつましい一汁一菜が身にこたえた。

そんな不満が判ったのだろうか、そこの家のおばあさんが、「食べたいものをおいい。作ってあげるよ」といってくれた。

私は「ライスカレー」と答えた。

おばあさんは鰹節けずりを出すと、いきなり鰹節をかきはじめた。

私は、あんな不思議なライスカレーを食べたことがない。

鰹節でだしを取り、玉ねぎとにんじんとじゃがいもを入れ、カレー味をつけたのを、ご飯茶碗にかけて食べるのである。

あまり喜ばなかったらしく、鰹節カレーは、これ一回でお仕舞いになった。

この家へ下宿した次の朝、私は二階の梯子段を下りる時に、歯磨き粉のカンを取り落してしまった。学期試験で、早く学校に行かねば、と気がせいているのに、雑巾バケツの水を何度取り替えて拭いても、梯子段の桃色の縞《しま》は消えない。自分のうちなら、「お母さん、お願いね」で済むのに……と、半ベソをかきながら他人の家の実感をかみしめたことを思い出す。

この家には私のほかにもう一人、中学一年の下宿人がいた。小豆島の大きな薬屋の息子で、そうだ、たしか岩井さんといった。色白細面のひょうきんな男の子だった。私が、うちから送ってきた、当時貴重品になりかけていたチョコレートやヌガーを分けてやると、お礼に、いろいろな「大人のハナシ」を聞かせてくれた。

夜遅く店を閉めてから、芸者が子供を堕ろす薬を買いにくる、という話を、声をひそめてしてくれた。彼は、芸者を嫁さんにするんだ、と決めていた。

「オレは絶対に向田なんかもらってやらんからな」

と何度もいっていた。

長男だと聞いたが、家業を継いだのだろうか。少年の大志を貫いて芸者を奥さんにしたかどうか。あれ以来消息も知らないが、妙になつかしい。

ライスカレーがつかえて死にそうになったことがある。気管にごはん粒が飛びこんだのだろう、息が出来なくて、子供心に、「あ、いま、死ぬ」と思った。

大人からみれば、大した事件ではなかったらしく、母は畳に突っ伏した私の背中を叩きながら、話のつづきで少し笑い声を立てた。私は少しの間だが、

「うちの母は継母なのよ」

と友達に話し、そうではないかと疑った時期がある。子供というものは、おかしなことを考えるものだ。

カレーライスとライスカレーの区別は何だろう。

カレーとライスが別の容器で出てくるのがカレーライス。ごはんの上にかけてあるのがライスカレーだという説があるが、私は違う。

金を払って、おもてで食べるのがカレーライス。

自分の家で食べるのが、ライスカレーである。厳密にいえば、子供の日に食べた、母の作ったうどん粉のいっぱい入ったのが、ライスカレーなのだ。

すき焼や豚カツもあったのに、どうしてあんなにカレーをご馳走と思い込んでいたのだろう。

あの匂いに、子供心を眩惑するなにかがあったのかも知れない。

しかも、私の場合カレーの匂いには必ず、父の怒声と、おびえながら食べたうす暗い茶の間の記憶がダブって、一家団欒《だんらん》の楽しさなど、かけらも思い出さないのに、それがかえって、懐しさをそそるのだから、思い出というものは始末に悪いところがある。

友人達と雑談をしていて、何が一番おいしかったか、という話になったことがあっ

た。その時、辣腕で聞えたテレビのプロデューサー氏が、

「おふくろの作ったカレーだな」

と呟いた。

「コマ切れの入った、うどん粉で固めたようなのでしょ?」

といったら、

「うん……」

と答えたその目が潤《うる》んでいた。

私だけではないのだな、と思った。

ところで、あの時のライスカレーは、本当においしかったのだろうか。

若い時分に、外国の船乗りのはなしを読んだことがある。航海がまだ星の位置や羅針盤に頼っていた時代のことなのだが、その船乗りは、少年の頃の思い出をよく仲間に話して聞かせた。

故郷の町の八百屋と魚屋の間に、一軒の小さな店があった。俺はそこで、外国の地図や布やガラス細工をさわって一日遊んだものさ……。

長い航海を終えて船乗りは久しぶりに故郷へ帰り、その店を訪れた。ところが八百屋と魚屋の間に店はなく、ただ子供が一人腰をおろせるだけの小さい隙間があいてい

た、というのである。

私のライスカレーも、この隙間みたいなものであろう。すいとんやスケソウダラは、モンペや回覧板や防空頭巾の中で食べてこそ涙のこぼれる味がするのだ。

思い出はあまりムキになって確かめないほうがいい。何十年もかかって、懐しさと期待で大きくふくらませた風船を、自分の手でパチンと割ってしまうのは勿体ないのではないか。

だから私は、母に子供の頃食べたうどん粉カレーを作ってよ、などと決していわないことにしている。

カレーと煙草《たばこ》

林真理子

こんなことを言うと誤解を招くかもしれないが、私は不良をする人はそれなりにエラいと思う。

世の中に逆らったり、いけないといわれるということをするのは、かなり強い意識と、大きなエネルギーを持たなければならないからだ。不良と非行はもちろん違う。不良が自分へと向かっていくのに対し、非行は世間への自己顕示である。甘ったれているから、拍手をする気は起こらない。

先日ある雑誌の方がインタビューに来た。

「もう一度十代にもどるとしたら、いったい何をしたいですか」

という質問に、

「不良をしたい」

と即座に答えていた。高校生の時に、煙草を一本でも吸っていたら、ちょっとあやうい、胸にじんとくるような思い出がつくれていたはずである。それを考えると、私はかなり残念な気持ちになる。のんびりと純にすごした高校時代をいとおしむ気持ちは強いが、物カキとしてはやはり口惜《くや》しい。〝十五歳で初体験〟などという事実ができたら、デュラスとまではいかないが、ちょっとイカす純文学を書けそうだ。

あの頃、とても仲よしの男の子たちがいた。彼らはどういうわけか、みんな葡萄《ぶどう》の産地「勝沼《かつぬま》」に住んでいた。私は小説を書くと、みんな私自身のことにとられるきらいがあるが、小説「葡萄が目にしみる」で描いた農家の様子は、みんな勝沼で見たことである。

子どもの時からそうであるが、町中で育った私は畑仕事が珍しさゆえに大好きだった。私たちの町は、桃の方が盛んだったから、中学まで葡萄農家の子はあまりいなかった。しかし高校は葡萄畑の真中にあるようなところだ。自然とそんな話を聞くようになる。

「ねえ、ジベってどうするの？」

と私が尋ねたら、さっそくオレのところへ手伝いに来いということになった。制服を着たまま、S君の家へ寄り道をする。

ジベというのは、種なし葡萄をつくるために、まだ青くて指の長さほどしかない葡萄をジベ液にひたすのだ。これは天気のよい日に、ひと息にやってしまわなければならないため大変な忙しさになる。だからS君や親友のA君たちも、ラグビーの練習を休んで家へ急ぐらしい。

制服が汚《よご》れるといけないというので、私はS君のお母さんのモンペとブラウスを借りる。

「お前、そういう格好が本当に似合うなあ」

と彼は大きな声でからかう。

ジベ作業はすぐに憶えることができた。元来が怠《なま》け者の私であるが、単純作業をやらすとひどく根気が出てくる。ましてや気持ちよい初夏の葡萄園だ。楽しくないはずはない。

その日、私はS君の家の風呂に入り、カレーをご馳走《ちそう》になった。その後、私はよく葡萄園に手伝いに行くのだが、たいていメニューはカレーライスだった。それに刺身の大皿がつく。おかしな取り合わせだが、山国の人は刺身がいちばんのご馳走だと思っているところがある。

ごく最近、私はある人が、

「山梨の人って、すぐにお刺身を出してくれるのよね。それがちっともおいしくないの。あんなひどい刺身を出すんだったら、山菜を食べさせてくれればいいのに」と言ったのを聞いて、少し腹が立ったことがある。刺身は最高のもてなしだと、みんなは信じているのだ。もう少し思いやりのある言い方はできないのだろうかと、その人さえ嫌いになったものだ。

さて、S君の家にしろ、その近くのA君の家にしろ、のびのびとした葡萄畑の中にあってとても気持ちがよい。私は学校の帰りに、しょっちゅう自転車で遊びに行くようになった。

A君の勉強部屋は、お祖父《じい》ちゃんとお祖母《ばあ》ちゃんが住んでいた離れだ。二人が亡くなってから、A君が一人で使っているのだが、勝沼の農家はこうした離れをもつところが多かった。葡萄でどこも景気がよくて、男の子たちは高校三年生ともなると、免許を取って新車を乗りまわしていたほどの土地柄だ。離れを建てるぐらいは、どうということはなかったのだろう。

S君の家と同じように、A君の家でも、食事というと必ずカレーだった。S君の家では、お祖父さん、お祖母さん、両親と一緒に私も食卓を囲むのだが、A君の家では、お母さんがお盆にのせて離れまで運んできてくれる。これはかなり都会的な感覚だ。

これによって離れの密室的雰囲気はますます高まるような気がした。

どちらの家のカレーもとてもおいしかった。入っている肉はコマギレだが、じゃが芋もニンジンも新鮮でとろりと甘くくずれる。私はどんなに本場のカレーであろうと、水っぽいカレーは許せないところがあるのだが、農家のカレーというのは茶色のしっかりした粘度を持っている。お米もぴんと立って、流れていこうとするのをしっかりと防ごうとしているようだ。

赤い福神漬《ふくじんづけ》をたっぷりのせると、赤い汁がしみ出し、それと白いご飯を混ぜ口直し的にとっておく。カレーの部分はひと息に匙《さじ》で流し込む。やがて額のあたりに薄く汗がにじみ出し、やかんからもらう氷入りの水は三杯ぐらいおかわりする。

うちは料理自慢の母だったが、カレーだけはいまひとつだった。粘度が少なく、びしょびしょと飯の下に沈んでいくのも気にくわない。私はA君やS君の家のカレーを説明し、

「うちもあんなふうにしてちょうだい」

としょっちゅうねだったものだ。すると母は、

「そこのうちはメリケン粉をやたら入れるからだよ。あれは舌ざわりが悪いから、私はあんまり好きじゃない」

とあまりいい顔をしなかった。そんなわけで、私は母のカレーをあまり食べたいとは思わないが、今でも弟は家に帰ってくるたびにリクエストするらしい。カレーへのノスタルジアは、女より男の方がずっと強いようだ。彼にとって、あのびしょびしょカレーは、やっぱり〝おふくろの味〟で、きっと近い将来お嫁さんに、

「うちのお袋は、もっとこうさらっとカレーをつくったよ」

などと言うに違いない。

さて、ラグビーをやっているS君もA君も、その食べっぷりは非常に気持ちいいものだった。皿をかかえ込むようにし、五口ぐらいでカレーを食べてしまう。そうかといって、母家へ行っておかわりを頼む気はないらしく、

「あーあ、腹いっぱいだァ」

とダミ声をあげては、畳の上にごろっと横になるのだ。

そしてその後、S君は非常にもの慣れた様子で、ポケットからくしゃくしゃの煙草をとり出した。A君も黙って抜きとる。やがて白い煙がゆっくりとあたりに漂い始めた。

「不良」

私はわざと怒ったような声をたてた。

「そんなことすると、停学になっちゃうよ」

「いいだわ、みんなこんなことやってるだわ」

そう言いながらS君は、ゆっくりと煙草の箱をさし出した。

「ハヤシも吸えや」

「いらないッ！」

私が後悔するのはそういうことなのだ。あの青春の日に、ほんのちょっとひっかきをつくっておけばよかったのに。

「おい、C子とはどこまでいっただァ」

こんな時、決まって二人は女の話を始め、そんな彼らは急に〝男〟になる。そして私はとり残された悲しさと共に、へんに甘ったるい気持ちになって、ひとり黙々と匙をすくうのだった。

成績はいいとは言えなかったが、A君は無邪気な大男でみんなの人気者だった。卒業まぎわ、私は彼のラグビーパンツの腰紐《こしひも》を毛糸で編んだことがある。それは当時ステディの印のように言われていた。

大学時代、そして卒業してしばらくも、彼は私のいちばん仲良しの男友だちだった。そして私はいつのまにか、自分はA君のお嫁さんになるのだと心に決めていた。東京に出てきて、それぞれの学校に通っていても、あの葡萄畑の離れで一緒にカレーを食べたことで、二人の心は結ばれていると信じていた私であった。

ほんとうのライスカレー

井上　靖

私は伊豆半島の天城山麓の小さい部落で育ったが、幼少時代の思い出というものは、その殆どが食べものと繋がっているから不思議である。私たちは学校へ行っている以外は山野をかけ廻っていたが、今考えてみると、どうも無目的でそこらを駈け廻っていたのではないらしい。土蜂の巣を探すためであったり、鳥の罠を作るためであったり、川カニを漁るためであったり、泥鰌《どじよう》をすくうためであったりしたようだ。土蜂の巣をとるのは、大抵冬の季節で、羽織を頭からかぶり、あらかじめ蜂の襲撃にそなえておいて、目指す田圃の土堤へと近寄って行ったものだ。そして獲ものはすぐその場で処分した。小さい蜂の子を巣から取り出し、それを掌の上にのせておいて、眼をつむったまま口の中にほうり込み、咬まないでいっきに呑み込んだ。うまいとかうまくないとかいうようなことには無関係に、食べることができるから食べたのである。

大体において、食べることができるものはなべて食べたようである。イタドリ、スカンポ、ツバナ、そういった雑草類を食べたのは、まあわかるとしても、ツツジの花や、変形した葉までむしゃむしゃ食べてしまったのは、今考えると奇妙なことと言うほかはない。

ツツジの花は、花の形を崩さないように蕚から抜きとって、蕚に触れていた部分を口に持って行って蜜を吸い、そして花弁を一枚一枚はがして食べた。蜜にはかすかな甘さがあるが、花弁にはかすかなすっぱさがある。まだ花には多少でも味らしいものがあるが、変形してふくらんだ葉となると、無味無臭、食べても中毒しないというだけのものである。雑草類でも、イタドリ、スカンポにはすっぱさがあるが、ツバナと来ると、これも無味無臭、綿を口の中へ入れてかむようなものである。ツバナは主として女の子の食べもので、女の子はツバナ、ツバナ、耳にまいて食べましょ、と言って食べた。

山野の雑草を漁るくらいだから、部落にある果実の木は大きいのも小さいのも、どこの家に何の木があるか、みんな詳しく知っていた。海棠とか棗《なつめ》とか、比較的伊豆地方に少い木のある家には、私たちは尊敬の念を払った。上級生だけが食べた。木苺とかグミとかの在り場所も尽く知っていた。どんな崖っぷちにあるのも知っていた。これも三年生ぐらいにならぬと口にはいらなかった。

私たちは冬になると、村に一軒ある酒造家にひねり餅を貰いに行くために、毎朝五時に起きた。そしてその家へ行き、薄暗い酒倉の中をのぞき込みながら、寒さに体を震わせていると、杜氏《とうじ》の若い職人が出て来て、子供たちの手に、餅のちぎったのをのせてくれた。私たちはその餅を食べながら、帰りに小川のふちを歩いてつららをとると、またそれを口に運んだ。餅と氷片とでは変な組合せだが、それでも結構胃の腑は文句も言わないで受けつけてくれた。

こうした山村にも菓子屋がないわけではなかった。一軒だけ小さい駄菓子屋があり、黒ダマとか、ハッカのはいった水晶ダマとかいうものが店に並んでおり、子供たちも時折、そうしたものにもありついたが、併し、金で買ったせいか、余りそれらに関する思い出は持っていない。学校で三大節の時まんじゅうをくれた。葬式か祝言の時にはらくがんの菓子を貰った。葬式には黄色の菊の花の形、祝言には赤い色のついた鯛の形であった。

当時私は祖母に育てられていたが、ごちそうというと、ライスカレーか、とろろか、箱ずしに決まっていた。田舎の老婆が作ったライスカレーがいかなるものであったか見当はつかないが、併し、私はそれがカレーのはいった特別な料理であるということで充分満足もし、また実際においしく食べた。私は村で自分の家だけがライスカレーを作るということが誇らしかった。野菜のゴッタ煮にカレーを入れ、それをごはんにかけて食べたのであろうと思う。その味はいまに到るも忘れないでいる。残念なことは、その幼い日のライスカレーの味を私以外のたれもが知らないことである。私は祖母の作ったライスカレーが本もののライスカレーであり、それ以外のものは、何となく偽せものだという考えを、それほど間違ったものでもないとして、自分のものとしているが、周囲のものはなかなか理解してくれない。

これまでに何回か家の者に本もののライスカレーを作ることを注文したが、自分だけが知っている本もののライスカレーの味が再現されたためしがない。

一時期、娘がカレーライスのいろいろの作り方を覚えて来て、毎回多少異った工夫をこらしたものを作ってくれたことがあった。娘はそれを作る度にいろいろそれについて説明してくれたが、私は余り熱意をもってそれを聞くことはなかった。どんなにそれが上等でも、またどんなにおいしくても、私に於ては、それはライスカレーではあり得ないからである。私の場合は自分の幼少時代のライスカレーだけがライスカレーの名に値するものであり、他はすべてイミテーションであるという思いをどうすることもできないのである。

私はいまも祖母の作ってくれたものをライスカレーと呼び、他はカレーライスと呼んで、きびしく両者を区別している。

カレーはぼくにとってアヘンである

安西水丸

　カレーライスが好きでよく食べる。一週間に三回は食べている。ときどき禁断症状に苦しむことがある。カレーはぼくにとってアヘンである。もしかしたら、ぼくはカレーライスのために生きているのではないかとおもうことがある。どうしてこうなってしまったのだろう。

　母に言わせると、ぼくは子供の頃はふっくらと丸い顔をしていたのだそうだ。それがカレーライスを食べはじめてから、体がどんどん細くなり、顔も頬もこけ、インド人のように奥目になってしまった。それがいいかどうかはわからないけれど、痩せたいとおもう人にはカレーライスはいいかもしれない。特に体重オーバーで困っている女性にはすすめたい。

　とにかくカレーライスが好きで、この歳まできてしまった。高校生の頃は文芸部にいてカレーライスをテーマにした推理小説を書いて話題になったことがあった。ぼくの高校のまわりには有名お嬢さん女子高校が多かったので、話題はそこらにつたわり、大変もてた。ぼくは子供の頃からお武家さま教育を受けてきたので、女などにもてることを恥としていた。今もそうおもっている。

高校の時は学校のクラブへ入らず、剣道の町道場へ通っていたので、防具の袋をかついで高校の通用門を出ると、女子高校生たちが、ぼくの書いた小説の載っている文集を持って待ちかまえている。彼女たちはどうやらぼくのサインがほしいらしいのだ。恥ずかしかった。こんな女たちにサインをしたりするなら死んでしまいたいとおもった。

そんなことをくり返しているうちに、某女子短大生と仲よくなった。ぼくは高校二年生だったので、彼女はぼくより三歳年上だった。髪の長い、色白のスラリと細い体型をしていた。黒目がちの瞳に、長いまつ毛があった。

「あなたのためなら、なんでもしてあげるわ」

彼女はぼくに言った。いずれにしても、カレーライスが、ぼくに初めていいことをしてくれた。でもこれがいいことかどうかは、ことの成りゆき次第だ。

それでぼくが書いた小説のタイトルだが、「カレーライス殺人事件」という。

東京に住む新婚の夫が、ある日失踪する。そして数カ月後、神戸港に死体となって発見される。発見したのはギリシャのタンカーの水夫だった。死体はインドのタンカーの横に貼りつくようにして浮かんでいた。

残された妻（二十三歳）は夫の死に疑問をいだく。彼女の夫の親友だった事件記者のKに相談する。Kは親友のためにこの事件の解明にいどむ。Kは自分の先輩で、今は警視庁の警部補の協力を得て活動を開始する。

残された美人の若妻、正義感に燃える青年事件記者、さらにベテラン刑事。事件は謎が謎を呼ぶ。

東京、神戸、さらにインド船やらギリシャ船、国際ルートを舞台にサスペンスがつづく。苦悩の末、やっと彼らがつかんだのは、殺された夫が、大のカレーライス好きだったことだった。新橋駅のガード横のカレーライス店に、毎日のように行っていたという。カレーライス店〈モンビビ〉の店主はインド系の日本人だった。カレーライスに仕組まれた罠は何か？……と、こんな調子で話は進む。

とにかく、カレーライスが好きだ。

それでどんなカレーライスが好きかというと、ぼくの場合、はじめからシーフード・カレーだった。これはぼくの環境からくることが大きい。ぼくは三歳くらいから体をこわし、千倉という房総半島南端にある海辺の町で転地療養をしていた。母と二人暮らしだった。

食べ物に好き嫌いがあってはいけないと言われて育ったのだが、そのわりに好き嫌いが多かった。ニンジン、ネギ、タマネギ、パセリ、肉などと、栄養のありそうなものはみんな嫌いだった。母はこれをなんとかしようと、カレーライスをおもいついた。ところがこの地方は肉があまりに手に入らない海の町だった。母は仕方なくカレーライスにアワビやサザエを使った。アワビやサザエならすぐ手に入る。時にはエビを使ったり、イカも使った。ムール貝を使うこともあったし、アサリやハマグリの時もあった。こういうカレーライスはすごくうまい。夕方、近所の友達と遊んでいてカレーのにおいがしてくると、もうそれだけでお腹がクークーと鳴ってくる。

母はカレーの薬味として、シソの梅和《うめあ》えなどを作ってくれたが、ぼくは福神漬けのほうが好きだった。大根のみそ漬けを、細かく刻んだものや、ラッキョウもおいしかった。ミョウガをみそに漬けたのもなかなかいける。

たとえば、ぼくの場合のカレーライスの作り方だが、当たり前のこととしてまず材料を用意する。カレー粉、それから油（これはギーという牛脂がいい）、タマネギ、ジャガイモ、いちおうニンジンも。ときどきはナスや、カリフラワー、インゲン豆、トマトなどもいい。それから主品として、ここではサザエをあげておこう。サザエの殻を金槌でくだいて、よく水洗いをする。サザエの肉に殻などがつかないように注意する。肉とサザエの肝（シッポみたいなところ）を切りはなす。肝は色が白かったら、甘酢で食べるとおいしい。もし肝が暗緑色をしていたら捨てよう。サザエの肉を適当に細く切って、カレー粉をまぶして数分間フライパンで炒める。

他の鍋でタマネギを細かく切ってギーで炒める。タマネギがキツネ色になってきたところで、ジャガイモとニンジンを入れ、数十分煮込む。さらにカレー粉で炒めたサザエを入れ、コトコトと弱火で煮込む。最後にカレー粉を入れ、よくかきまわしながら、やはり弱火で煮込んで出来上がりです。

ここで、安西水丸特製の薬味（カレーについている福神漬けのような役目のもの）の作り方を教える。

まずキャベツ・サラダ。直径約二十センチほどのボウルにキャベツを切って入れる（ミジン切りよりやや大きめ）。砂糖をスプーン一杯かける。酢をスプーン二杯入れる。それとスプーン五杯くらいのマヨネーズを入れ、両手でよく和《あ》えて出来上がり。これはぜひやってみるといい。絶対カレーライスには合います。

つぎは梅干しサラダ。これはしごく簡単にできる。まず梅肉をそいで、小型の包丁でトントンとたたく。細かくくだく。よくくだいたら、ショウガを小量、細かく、ごく細かくくだいて、梅に和える。さらにサラダオイルを、スプーン半分くらいたらして、全体をよく和えて出来上がり。これもカレーライスにはぴったりと合う。だまされたとおもってやってみるといい。こんなこと他の人には教えないんだからね、ほんとは。

さてそれで、ぼくと某女子短大生はその後どうなったのでしょう。つづきはまたの機会に……。

料理人は片づけながら仕事をする

伊丹十三

私が料理を始めた動機というのは、ごく愚劣なものなのです。まあお聞き下さい。二年ばかり前、私ども夫婦は半年ばかりロンドンで暮した。ハムステッドにフラットを借りて自炊して暮した。ここの家主というのがフランス料理の大家で、自分の作った料理をひとに食べさせるのがなによりも好きという独り者のうえに、うちの奥さんがそれに輪をかけた料理気違いです。

それゆえ、私が居間でもってソファーにふんぞりかえって子母沢寛氏の「味覚極楽」なんぞを繙《ひもと》いていると（ついでながら、私は外国へゆく時は必ずこの書物を携えてゆくのです。ロンドンで、ローマで、パリで、もう何十回読み返したかわからない）このドメスティックな二人組は台所で盛んにラルースの「フランス料理大全」なんかをひっくりかえしたり、なにやら討議したり、一人が用ありげに台所から出てきたり、また別の一人がしばらく買い物に出かけたり、そうこうしているうちに、なにやら刻む音、なにやら煮立つ音とともに、予測のつかぬ香ばしい匂《にお》いなども漂いはじめ、台所の中の動きがただならぬ具合いにあわただしくなったと思うと、ファンファーレの音高く（もちろん、これは料理人の心の中で鳴り渡っているのだが）本日のスペシャル・メニュー！　がしずしずと現われる、という仕掛けの毎日を私は送っていたのです。

本日の特別料理は、ある時は「子羊の骨付き、アップル・ソース」であり、ある時は「家鴨《あひる》の焙《あぶ》り焼、オレンジ添え」であり、またある時は「牛肉のブルギニョン、壺《つぼ》入り」であり「ギリシャ風洋 蕈《マシュルーム》の和《あ》えもの」であり、「キューカンバー・スープ」だったこともある。キューカンバー・スープなんていうのは、日本ではたえてお目にかかったこともないが、胡瓜《きゅうり》の入った一見ヨーグルトのような白い冷いスープで、得もいわれず味わい深い。食べるのは一瞬であるが、調理法は複雑をきわめ、確実に丸一日かかるのです。

このような結構な毎日ではあったが、私には気に食わぬことが一つあった。すなわち、彼らが料理した後の台所は散らかり放題に散らかって、足の踏み場もないのである。

あらゆる鍋、皿、ボウル、スプーン、包丁、布巾《ふきん》、調味料、野菜の切れ端、使い残しの肉、卵の殻、そういうものどもが、死屍《しし》累累《るいるい》という塩梅で台所のあらゆる空間をおおいつくすのであって、どうもこれは気に食わない。仕方がないから、そうだ！身をもって範を垂れよう。本当の料理人は常に片づけながら仕事をする、ということを見せてやろう。

　こうして私は生まれて初めて包丁を持ったのであります。忘れもしない、私はまずカレー・ライスを作ったね。料理の本を読むと、いやあ、便利なものですな、これは。「まず玉葱を紙のように薄く切り、これを大量のバターを使ってとろ火で炒める。狐色に色づいた時玉葱を引きあげ、紙の上に並べて油を切る。二、三分もすると玉葱はパリパリになりますから、これをスプーンの底ですりつぶして粉にする。この玉葱の粉がカレー粉の色と香りの基調になるのでございます」なんぞということが書いてある。なるほどやってみると、その通りになっていく。鶏のぶつ切りを炒め、じゃがいも、人参を炒め、チリ・パウダー、塩を少少、カレー粉を次次に加え、同時に鶏のスープを仕込み、炒めたものにスープを加え、玉葱の粉を一緒に煮込んでいく。いやはや、面白いのなんの。トマトを布巾で絞る、これが酸味。マンゴ・チャトニの瓶詰のドロドロの部分で甘味をつけ、最後にライムを一絞りしぼって味を引きしめる、なんて、まあただで教わるのが勿体《もったい》ないようなことがすっかり書いてあって、その通りやるとその通りのものができる。これには驚きましたねえ。

傍《かたわ》ら私はどんどん物を片づけましたよ。それが目的なんだからね。要するに、片っ端から常に片づければそれでいいのさ。汚れ物というものは加速度的に増えるから、一旦溜り始めるともういけない。追いつけなくなってしまう。

ま、そういうわけで、私の料理の第一日目には今まで食べた最良のチキン・カレーとピカピカに磨き上った台所が同時にできあがったわけで、目出度《めでた》き事限りなし。そうして物事は初めが大事だ。初めに身についた習性というものは、なかなか抜けるもんではないのでして、今でも女房は台所が汚れてくると私の料理を所望するのです。

カレーライス

北　杜夫

幼いころ、カレー・ライスか、ライス・カレーかということを従兄《いとこ》と議論したことがあった。日本語ではどちらでもよいらしいが、英語のメニューでは、一応カリー・アンド・ライスとなっているのでカレーライスとしておく。

むかしは質素だったから、昼食でも夕食でも、カレーライスというと御馳走の部類であった。

なかんずく、敗戦後の何年かは、大御馳走の部類に属していた。

なぜなら、当時は雑炊が主食だったが、カレーの日には固い飯が炊かれた。もっとも私の行っていた松本高校の寮では、米でなく高粱《コーリヤン》の飯であった。赤っぽい色をしていて、その殻は消化されなかった。

それでも、固い高粱の飯にカレーがかかっているのを見ると、胸がときめいた。ソースをダブダブとかけて食べた。なぜなら、そのカレーは黄色いウドン粉のようなもので、少しも辛くなかったからである。

カレー粉というものがあるわけでなく、これは種々の香辛料をまぜたものである。中近東のバザールへ行くと、種々雑多な香辛料を大きな樽《たる》に入れて売っている。その種類が極めて多い。それをあれこれと買ってきて、その家独特のカレーを作るのであろう。

日本では中村屋のカレーが辛いほうの代表といわれてきた。近ごろはデリーなどという店で、インド風とかパキスタン風とかカシミール風とか、かなり辛いカレーを出している。

しかし、もっとも私が辛いと感じたのは、コロンボのそれであった。『どくとるマンボウ航海記』に、「口中がヨウコウロのごとくなり、天井までとびあがらぬため椅子にしがみつき……」と書いているのは、あながち出鱈目《でたらめ》な誇張ではないのである。

一般にインドでもカレー料理は南へ行くほど辛い。ニューデリーのホテルで食べたそれはさして辛くはなかった。その代り、野菜サラダのなかの青いシシトウみたいな奴を食べたら、目から涙が出た。

私はカラコルム登山隊に加わったことがあるので、パキスタンではずいぶんとカレーを食べた。大体、その登山隊のコックはカレー料理しかまず作らぬのである。その味も、さして辛くはない。

私は子供のころから辛いカレーが好きであった。長じても中村屋などにわざわざ食べに行った。そのとき、新婚時代であった私の妻は辛くてそれを食べ残した。

近ごろはそれほど辛いカレーを求めない。そして、ホテルやレストランなどの六百円とか千円とかするカレーも好まなくなった。

もっと安く、単純なものが好きである。もちろんそこらの安カレーがすべて好きというのではない。

神田などの学生街には、安直でザックバランで安く、しかもうまい店が多いものだ。田村書店の裏通りにあるカレー専門店がいい。ここでは、

「カレー」

と頼むと、十秒くらいで皿がまえにおかれる。肉も野菜もたいしてはいっていない。しかし、そのカレーのスープがいやにうまい。

以前、私は神田に古本をあさりに行くときには必ずこの店に寄った。四年まえは百円であった。

新宿の紀伊国屋書店の地下のカレー屋もわるくない。ここでも十秒とおかず皿がま

えに出される。煮こんだ豚肉が二切れほど、あとは玉ネギ（それも見えない）だけのスープである。

いずれにせよ、ゴテゴテと肉やら野菜のはいったカレーより、私はほとんどスープだけの、あっさりしたものを好むようになってきたようだ。

ただ、一応の辛さを有さないと困る。インスタント・ラーメンはむかしから大いに食べたが、インスタント・カレーは苦手である。あの辛さではぜんぜんもの足りない。まして「リンゴと蜂蜜《はちみつ》トローリ溶けて……」というCMを見ると、ゾッとする。罐《かん》詰《づめ》では三越のものがわりにうまいが、やはり辛さに乏しい。

一般のホテルやレストランのカレーは、どうしてああもまずいのであろう。前述した神田の貧相なカレー屋の何倍もの値で、何倍ものまずさなのだ。

それでも私はカレー好きで、殊に昼は食欲がないから、懲りもせずあちこちでカレーを注文し、そのたびに半分以上食べ残す。

このあいだも新幹線に乗り、食堂に帝国ホテルがはいっていたから、ためらわずにカレーを注文した。一口食べてがっかりした。繰返すが、むしろ高い部類のカレーは、どうしてああもわざとしたようにまずいのであろう。

こんなふうに偉そうなことを書いて、そんならお前の家のカレー料理はうまいのか、と訊《き》かれたら、残念ながら首をふらざるを得ない。

私がカレーにうるさいので、私の妻はこれまで努力だけはしてきた。或いはお手伝さんも。

その努力に比例して、ちっともうまくない。

「大体、ゴタゴタ入れすぎるからいかんのだ。もっと単純に」

と、私は叫ぶ。

しかし女房に言わせると、まずニンニク、玉ネギ、肉をギー（インド、パキスタン等で使うバター・オイル）でいためるのだそうだ。

それに香辛料として次のものを入れる。ターメック、レッドペパー、タカノツメ、クミン、シナモン、ナツメグ、グローブ、カルダモン、フェネグリーグ、コリアンダー、月桂樹等……。カレー粉はインド製を使う。

「そりゃなんだ。なんかの呪文《じゆもん》みたいじゃないか。そんなに入れすぎるから、シンプルなうまさが出ないのだ。このまえ、紀伊国屋のカレーを食べただろ。あの味を出してみろ」

「ようし」

と言って、女房は立上った。

「大体、今度から香辛料をもっとふやすことにしたの。さっきのに足して、チリパウダー、けしの実、フェンネル、ミント、サフラン、メース、カイエンヌペッパー、ブラックペッパー、ホワイトペッパー、オールスパイス、カルエルシートと」

「ばか、ばか。それでシンプルな味が出ると思うか」

「ではおまかせを！」

いま、午後四時三十分、私はここまで書き、女房は台所で働きだした。いかなるカレーができるか、神明も照覧あれ、私は多大の期待と危惧《きぐ》を抱きつつ、ひとまず筆をおく。

それから二時間半後である。二時間半、女房と最近きたお手伝さんは奮戦した。カレーができたと告げにきた。

私は待ちかまえて、それを食べた。きっとまずかろうことをひそかに期待しながら。ところが、まあまあというより、わが家にしては上出来の味であった。

これでは随筆にもならぬ。

カレー好き

阿川佐和子

知り合いのY君はカレーが大好きだ。毎日、食べているという。「一日三食、カレーでも平気なんです、僕」と彼は得意げに言った。へえ、そんなに好きなんだ。感心して笑っているうちに、ついつられ、仕事でY君と頻繁に会うことの多かった頃は、私も週に三回くらい食べる癖がついてしまった。

「京王プラザのカレーは少し甘いんですよ。僕は、ホテルオークラのカレーの味が好みだな。帝国ホテル？　可もなく不可もなくってとこ」

独断的カレー比較談義を聞くのは実におもしろく、この際、全国ホテルのカレー定点観測をしてみようかと思ったことすらある。しかし、そんな実験を始める前に、Y君が病気になった。お尻がチクチク痛くなる、あの病気である。

「それって、カレーの食べ過ぎなんじゃないの」

本人も薄々心当たりがあるらしく、とりあえずお酒とカレーを控えることにしたそうだ。それを聞き、やっぱり週に三回、カレーを食べるのはやめようと思った。

もちろんY君の病気とカレーの因果関係については、何の根拠もない。そんな関係が成立するとしたら、インドの方々は国をあげてお尻が痛いことになるし、辛いモノがいけないというのなら、韓国や中国四川省の方々も、皆さん、あの病気であられるかと思われるが、そういう話を聞いたことはない。

だから、Y君があの病気になったのは、必ずしもカレーのせいではないと思われる。しかしやっぱり、カレーを毎日は食べないほうがいいのではないかと、なんとなくそんな気がする。

とは言うものの、私は依然としてカレーが好きである。ただ、Y君のカレー好きとは少々意味が異なっている。レストランに入ってカレーを注文する確率は、私の場合、ハンバーグステーキを注文するよりずっと低いし、ましてスパゲッティやサンドイッチを食べる頻度と比べれば、さらに稀である。とすると、私はカレーをどこで食べているのでしょう?

お答えします。

自分で作って自分で食べるのが好きなのだ。もしかして、食べるより作ることのほうが好きなのではないかと、ことカレーに関しては、そう思う。

カレー作りは奥が深い。何度作ってもマスターすることがない。一度成功したからといって、次に同じ作り方で作ってみても、なぜかまったく別の味になる。いや、同じ味にならないからこそ、カレー作りは面白いのかもしれない。

初めてカレーを作るということを真面目に考えたのは、小学校高学年の頃だったと記憶している。父の知人のとてもハンサムな編集者のおにいさんが、あるときウチへやってきて、「今日はインドカレーを作ってあげる」と台所に立った。それまで私は、カレーといえば、いわゆる「カレーライス」というたぐいの、ドロッとしたコゲ茶色のものしか知らなかったので、インドカレーとはどんなものかと期待して、台所の隅でずっと見学していると、驚いたもんだ。

ジャガイモもニンジンも皮を剥かず、ゴロリと大きい固まりのまま（といっても、ジャガイモは一個を四等分ぐらい、ニンジンもそれに合わせて乱切り程度には切る）である。肉は骨付きの鶏を使う。大きなフライパンに鶏を入れ、バターとカレー粉で炒めて、深鍋に移す。続いて玉ネギの、これまたザクザク適当切りを鶏の残り油でよく炒めて深鍋へ。それからニンジンとジャガイモを炒めて深鍋へ。

そのあとが面白い。炒めた具が一同揃ったところへ、タポタポと牛乳を注いでいくのだ。小麦粉もルーも何も入れない。ひたすら牛乳をタポタポタポ。

あとはトマトと、すり下ろしたニンニク、生姜をたっぷりに、鷹の爪二、三本を加え、くつくつ弱火で煮込んで、最後に塩胡椒で味調整をする。辛味が足りなかったらカレー粉を追加して、しばらく煮込めばできあがりだ。部屋いっぱいにカレーのいい匂いが立ちこめた頃、「はい、できたぞ」。

お皿に盛られたそのカレーは、黄色い牛乳スープのようにサラサラで、辛くて甘くて味に丸みがあって、バツグンにおいしかった。本格インドカレーなら、もっといろいろなスパイスを入れ、複雑な味に仕上げるのだろうが、このカレーはいたって単純で素直。しかしながら、明らかにイギリス風カレーとは違っていて、インド方面の香りに満ちていた。

教えてくれたカクおにいさんの名前にちなんで、以来、我が家ではそのカレーを『カクカレー』と命名し、後世にまで伝授継承していくことを家族で誓い合ったのであった。

というのは大袈裟ですが、それでも私はカクカレーに惚れたとき以来、この極めて簡単でおいしいカレーを何百回となく作ってきた。友達に教え広め、原稿に書き、パーティーに持ち込み、我が家でごちそうし、ずいぶん多くの人に喜ばれたものである。

しかし、なぜかカクカレーは夏が似合う。教えられたのが夏だったせいか、暑い季節になると、無性に作りたくなるいっぽう、寒い頃に、「よし、作ろう」とはあまり思わない。どういうわけか冬は冬で、また別のコゲ茶色のドロリンカレーが食べたくなるのである。

冬のカレーは誰に教わったものでもない。そもそも人様に説明できるような作り方自体がないのである。それこそ、その時々によってどういう味にできあがるか、まったく予測がつかない。カクカレーはほぼいつも、同じような味にすることができるが、冬用ドロリンカレーに関しては、毎回、事情が変わってくる。

なぜならば、カレーを作りたい衝動は、お腹がすいたという身体的理由に加え、冷蔵庫を開けた瞬間にひらめくことが多いからだ。目の前に、芽の出かかったジャガイモ、しなびたニンジン、よろけたセロリ、トマト、玉ネギが転がっている。その姿を見つけた瞬間に、「よし、カレーにしよう」と意は固まる。作りたい意欲がむらむら湧いてくる。カレーと叫んだとたん、これらお疲れ野菜どもが息を吹き返したかのように見えるのである。やっと出番が回ってきたぞと喜んで、私の手に取り上げられる野菜のうれしそうな顔といったら……。料理人としてこんなにワクワクすることがあるだろうか。それまで長らく放っておいた不義理も忘れ、私はすっかり救世主の気分である。

もちろん、残り野菜だけで作るわけではない。足りない材料は買ってくる。たとえば、カレーの素となるスープを軽んじてはいけない。他のところをどんなに手抜きしても、スープだけは贅沢に、鶏のガラを使ってたっぷり濃いめのものを取ることが大事である。

そういう信念を確固たるものにしたのは、以前、アメリカでカレーパーティーを催したときだった。スーパーマーケットに鶏ガラが見当たらず、しかたなく牛のテールでスープを取ることにした。アチラは肉類が安いので、巨大なテールであったが、五百円もしなかったと記憶する。それにしても贅沢なことと思いながら作ってみたところ、それはそれはコクのあるカレーができあがり、仰天した。スープ一つで、こんなに味が深くなるのかと、そのとき思い知った。未だにそのテールスープで作ったカレーの味は忘れられない。本当のところ、味は忘れたが、感動的においしかったことは忘れていない。私のカレー史上でも最高級のランクに位置するものと思われる。

つまり何を言いたいかというと、出し汁となるスープをケチッてはいけないということだ。必ずしもテールの必要はない。鶏ガラで十分である。ガラが手に入らなければ、鶏の手羽とかスティックとか、とにかく骨付きの肉を買ってくることだ。ちなみにカクカレーで骨付き鶏肉を使うのは、同じ理由である。

もうひとつケチッてはいけない材料に、玉ネギがある。玉ネギはたっぷり入れないとダメだよお、と教えてくれたのは、伊豆の八百屋のオジサンであった。

大学生の頃、友達の別荘へ大挙して遊びに行き、その夜はみんなでカレーを作ることにした。買い出しに出た先の八百屋さんで、友達と相談しながら野菜を買い揃えていると、「何作んの、カレー?」と、オジサンが声をかけてきたので、ハイと応えるなり、

「だったら、もっと玉ネギいっぱいいるだろ。何人分作んの? そりゃ足りないよ。玉ネギはたくさん入れたほうがいいよお」

すると隣で小柄な八百屋のオバサンが、

「そうそう、玉ネギはいっぱいがいいねえ」

そして再びオジサン、

「ニンジンはね、擦って入れるといい」

続いてオバサン、オウム返しで、

「そそ、ニンジンはね、擦って入れるとね、いいね」

意気投合した仲良し八百屋ご夫妻のおかげで、なんだか大量に玉ネギとニンジンを

買うはめになり、半分だまされたような気もしたが、しかしたしかに玉ネギは、多いほうがおいしいと納得したのが、その旅のいちばん強烈な思い出となった。

それ以来、私はなるべくたくさん玉ネギを使うことにしている。どれぐらいかと聞かれても、よくわからないが、目安としては、もうこれ以上、目が痛くて涙が止まらなくて苦しくて耐えられないと限界を感じるまで、頑張って玉ネギを切る。それくらいであろうか。切り方は、なるべく涙が出ないよう、幅一センチぐらいのザクザク切りでよい。切った玉ネギをざるに盛り、ひええ、こりゃ多すぎるだろうとしばし呆れても、大きな鍋でじっくり炒め、さらにスープとともに煮込んでしまうと、あらあら、あれだけの玉ネギどもは、いったいどこへ消えたかと思うほど、わからなくなるものだ。

手を抜けるところではしっかり手を抜く。それが私の料理信条である。だから玉ネギの切り方のみならず、カレー粉の種類やルーのメーカーもさほどこだわらない。肉も高価である必要はない。ごく普通のカレー用角切りか、ときには冷蔵庫で長らく寝ていたバタ焼用薄切りなんていうのを使う場合もある。大切なのは、ひととおりの材料を炒め終え、スープとルーを入れ、しばらく煮込んだあとである。

その段階から、カレー作りの本当の楽しみは始まると言ってよい。まだ味の薄いスープ状のカレーを匙で一口味見する。ふむふむ、何かが足りない。そこでまた冷蔵庫を開ける。リンゴが目に入る。よし、擦って入れよう。そして味見。何だろうねと、また冷蔵庫。生姜とニンニクがある。擦って入れる。だいぶコクが出てきたが、と考えつつ、また冷蔵庫。そうだ、トマトを忘れていたと、ザクザク切って放り込む。しばらく煮込んで再び味見。やっぱり塩が足りないか。パラパラ入れて、ついでに醬油と、それからソースも少し。あ、昨日飲み残したワインがあったっけと、トクトクトク。うーむ、ぐっといいお味になってきたわい。しばし放置。

おっと焦がしてはなるまい。杓文字《しゃもじ》で鍋の底からゆっくりかき混ぜて、また味見。もう少し辛くてもいいかなと、カレー粉をぱらぱら振りかけ、よく混ぜる。ときどき思い出したようにコショウをパラリ。暇つぶしにしつこく冷蔵庫を覗く。なんだ、こんなものがあったじゃないのと発見するのは、ずいぶん昔に買ったトムヤムクンのスープキューブだ。しばし躊躇。これを入れたらこのカレー、ガラリと東南アジア風になってしまうかなと迷うけれど、勇気を出して入れる。思ったとおり、なんだかアジア系になったなあと、考え込みながらレモンを搾り入れ、この際だからとしなびかけた香菜（シャンツァイ）も細かく切って入れてしまえ。

こうして、作っている自分でも何が何だかわからなくなるあたりで、そろそろとろみも出て、ややこしい味の、もはや二度と同じものは作れないであろう複雑混ぜこぜカレーが最終段階を迎える。

「さ、このくらいでヨシとするか！」

自らにかけ声をかけ、できあがりを宣言する頃、困ったことに、私の胃袋は度重なる味見のおかげでだいぶふくれている。ひとり暮らしのくせに、なんでこんなに大量に作ったのかと、反省するのは、いつもこの瞬間である。

しかし精魂込めて作ったカレーの真価を味わう至福のときはちゃんとある。それは翌日、温めなおしたアツアツカレーを、冷え切った冷やご飯（子供の頃からカレーは冷やご飯に限ると信じている）のうえにかけ、大きなスプーンで頰張るとき、私はいつも叫ぶのだ。

「なんておいしいんだ。わたしゃ、天才か⁉」

そんなカレーを私は今夜も作りたい。

夏はやっぱりカレーです

平松洋子

あなたはインドのひとですか？　買い物から戻った母の手提げをのぞきこんだら、白いターバンを頭に巻いたくりくりお目めのひとがにっこり笑っていた。

いつもは赤い缶のカレー粉だったのに、今夜のカレーは初めて見る四角い箱に入っている！　それだけで宿題なんかどうでもよくなった。日暮れて家中にカレーの匂《にお》いが漂い始めると、一週間あれほど待ち焦《こ》がれた「名犬ラッシー」もたちまちすっとんだ。昭和三十年代の終わりごろの話である。そのころはカレーとインドがどこでどう結びつくのか知るはずもなかった。だって、カレーライスはオムライスやチキンライスの兄弟だと思っていたのだもの。

チカちゃんのうちは「ワンタッチカレー」で、タケダくんちは「オリエンタルカレー」で、おばあちゃんが「モナカカレー」を鍋《なべ》に放りこむ家だってあった。「うちはソースかける」「うちのお父さん、ぜったいお醬油《しょうゆ》」。風邪で寝込んだ母を見舞いに来てくれた近所のおばさんがついでにこしらえてくれたお昼のカレーには、まんなかのくぼみに生卵が流しこまれていて、はじめて目にする光景にちょっと震えた。

それでも、給食の甘ったるい黄色いカレーも、デパートの大食堂で注文する銀色の食器に入った濃茶色のカレーも、臨海学校の水っぽいカレーもキャンプの焦げたカレーも、どれもこれも大好きだった。カレーの匂いを嗅《か》げば、いつも必ずしあわせいっぱいになった。

蜜月《みつげつ》に水を差したのは、中学の英語のリーダーをのぞきこんだ父だ。

「おい、カレーは、ほんとはカレーじゃないんだぞ、カリーだぞ。『カ』にアクセントがあって『リ』はRの巻き舌の発音だ知ってるか」

そんなこと急に言われても。カレーライスが突然カレーライスじゃなくなったら困っちゃうよ。遠藤賢司だって唄《うた》っていた。

♪君も猫も僕もみんな好きだよ　カレーライスが

カレーはスパイスでできている。その事実をじっさいに確認したのは、東京・国立《くにたち》の大学通り沿いの高級食品スーパー「紀ノ国屋」なのだった。高校生のとき貪《むさぼ》り読んだ荻昌弘《おぎまさひろ》のエッセイで知ったスパイスは、へええこんな色だったのか。カレールーもカレー粉も、おおもとの正体はこれなのだ。棚いっぱいずらり居並ぶスパイスの瓶を、わたしは圧倒されながら眺めた。東京オリンピックが来るころには子ども向けの甘口「バーモントカレー」が登場して、大阪万博が来るとなったらおとな向けの辛口「ジャワカレー」が現れて、カレールーの世界はずんずん「進化」していったけれど、いっぽうカレールーを使わずスパイスでつくるカレーもあるらしい。そのうえ、どうやらそっちが「本格派」。

しかし、同時にわたしは腰が退《ひ》けていた。スパイスを組み合わせてつくるカレーに興味をそそられても、雑誌のグラビアに登場するマイエプロンを掛けた男性陣は、コーヒーミルや石うすで何種類ものスパイスを延々と叩《たた》き潰《つぶ》していらっしゃる。でかい牛の骨を半日以上煮て、フォンドボーとやらを取っていらっしゃる。カレーは、二日煮込んだら最低三日は寝かせよとおっしゃる――「本格派」を遠目に見ながら、わたしはひとりごちた。

あんなこと毎日やってたら、主婦は台所で死んじゃうよ。

そののち。わたしがひとりごちていたセリフを、まさかインドの女性から聞くことになろうとは。

「日本のひとは、おいしいカレーは時間かけなきゃつくれないと思ってます。でも、ソレぜんぜん違う。だってかんがえてみてください。玉ねぎ二時間炒《いた》める！　スープに半日！　三時間も煮こむ！　そうやって毎日カレーつくってごらんなさい」

ため息をひとつ、そして彼女は言った。

「インドの主婦は疲れてみんな死んじゃいます」

手間ひまかけて仕上げるイギリス経由の欧風カレー。インドやネパールやスリランカの家庭で、毎日食べるカレー。カレールーを放りこんでつくる日本のカレー。おなじカレーとは呼んでも、どれもまるきり「素性の違う料理」だったのだ。

わたしは、もつれていたカレーの糸をハタチになった頃ほぐしはじめた。

陽炎《かげろう》が真昼の路上を揺らしている。気温はとっくに四十度を超えた。インド・オールドデリー郊外。リキシャ運転手サイードさんの家の簡素な石づくりの台所は、中庭を吹き抜ける風の通り道沿いなので、コンロに火が点《つ》いても思いのほか暑さが迫ってこない。

「妻がカリフラワーのカレーを用意しています」

昼ごはんを食べに寄る約束をしたのは、つい昨日だ。わたしと娘のふたり旅、最初の二日間リキシャの運転手を務めてくれたサイードさんはすこぶる柔和な三十代の男性で、よかったら明日うちに寄ってみませんか子どもたちもよろこびます、と誘ってくれたのだった。

「うちに日本人のお客さんがあるなんて」

エメラルドグリーンのサリーをまとった妻のミラさんがはにかんでいる。裸足《はだし》の右足首の細いアンクレットの金色が、真昼の太陽にきらきら反射して美しい。

ふだんのおかずをぜひ。何度も念を押していたので、「ごちそうじゃなくて恥ずかしいわ」。ミラさんには、かえって悪いことをしたと申し訳なさが募るが、やっぱりごちそうよりいつものおかずが食べたい。

「いつもこんなふうにしてつくるのよ」。ミラさんがコンロの前にしゃがみ、手に握りこんだ小さなナイフでカリフラワーをたちまち小房に切り分け、ざるに入れる。鍋を火にかけ、ギーをスプーンでひとすくい。そこにクミンシードと赤唐辛子を入れ、香りが立ったところでさっきのカリフラワーとグリーンピースをどさり。

やっぱりスパイスボックスなのだ。ここで彼女が手に取ったのは、七種類の粉のスパイスが入った丸い容器である。ネパールのマスケイさんの台所もそうだった。マスケイさんは言った。

「たとえまな板がなくても、スパイスボックスだけはどこのうちにもある台所道具です」

ネパールでもインドでもチベットでも、昔は木を刳《く》り貫いてスパイスボックスをつくった。今では丈夫なステンレス製が広く出回っているけれど、ミラさんの愛用品はべこべこにへこんだ黄色いプラスティックだ。

スパイスボックスのなかを見れば、家庭の味の基本がわかる。基本はターメリック、赤唐辛子、クミン、コリアンダーあたり。そこにシナモン、オールスパイス、マスタードシード、あらかじめ何種類ものスパイスを調合したガラムマサラ……自分が頻繁に使うスパイスから、優先順に収納する。

逆に言えば、こうなる——カレーは、このスパイスボックスのなかの、ほんの数種類のスパイスでつくれる。

ミラさんがカリフラワーのカレーに放りこんだスパイスは、赤唐辛子、ターメリック、クミン、たった三つだけ。ぱっぱっとカリフラワーの上に散らし、ひと混ぜ、ふた混ぜ。そこに水を回しかけ、ざく切りのトマトを加えてふたをして、ぐつぐつ十分。あっというまにカリフラワーのカレーのできあがり！

ほらね。主婦の毎日のごはんはこうでなくちゃやっていられない。ただし、スパイスの組み合わせには、ひとそれぞれに技と工夫がある。肉のカレーには黒胡椒《くろこしょう》やシナモン、オールスパイス、ガラムマサラなどの風味の強いスパイス。野菜のカレーには、クミンやコリアンダーなど風味のやわらかなスパイス。そこへマスタードシードやカルダモン……素材の持ち味に合わせて自在に組み合わせ、自分の味をつくりだす。インドでカレーを食べるたび、なるほどそうかと膝《ひざ》を叩く。まったく違うものを合わせながら、ひとつの味にまとめ、仕立て上げる。それが、カレーなのだ。

タイのカレーは好きですか。わたしは、いっときどっぷり中毒になった。

昭和五十五年、有楽町の路地裏のタイ料理屋で初めて口にしたカレーの摩訶《まか》不思議なおいしさに、わたしはぶっ飛んだ。緑のカレー、赤いカレー、白いカレー、黄色いカレー、どれもこれもインドやネパールの味とはまるで世界が違った。緑のカレーはフレッシュなハーブや青唐辛子、白いカレーはココナッツミルク、下に何千本ものバラの棘《とげ》を刺すような辛さの赤いカレーはナムプラーや漬物や塩辛入り……味覚にどっかーんと風穴が空いて、わたしは一気に覚醒《かくせい》した。

カレーは、スパイスだけでつくるものではなかったのだ!

そしてタイのカレーをタイで食べたいばかりに、わたしはバンコク、チェンマイ、東北タイのウドン・タニ、ウボン・ラチャタニ……タイ全土を歩き回った。

地方ごとに気候風土の違うタイだが、時分どきになるとどこの家庭でも必ず耳にする音がある。それがクロック（石うす）の音だ。コツコツ、コツコツ。乾いた音がやがて湿り気を帯びた重い音に変化すると、クロックの中身もしっとり潤沢に湿り、鼻孔をくすぐる華やかな香りを立ち昇らせる。

「お嫁に行くときは、まずクロックを買います。クロックがなければタイ料理はなにも始まらない」

誰もが口を揃《そろ》えるそのクロックで、カレーもまたつくられる。

レッドカレーなら、叩き潰すのは赤唐辛子、小さな玉ねぎホムデン、にんにく、レモングラス、カピ（蝦醤）、粒こしょうやクローブ、スターアニス、コリアンダーなどのスパイス……水に浸してじゅうぶんやわらかくなったところを気長にコツコツ、コツコツ。すべてが細かく潰れ、混ざり合ってしっとりとしたペーストになったものをクンケン・デーンと呼び、これがいわば「カレーの素」になる。

「聞いた話だが、バンコクあたりの都会じゃ、これが袋入りになって店で売ってるそうじゃないか。信じられないことだよ」

ウボン・ラチャタニの田舎町で、晩ごはんに呼んでくれたおばあちゃんが眉《まゆ》をしかめてしきりに嘆いた。

「こうやってクロックでゆっくりきちんと潰さなきゃ、おいしいカレーなんかできっこない」

わたしは曖昧《あいまい》に相づちを打って苦笑いするばかりだ。だとしたら、おばあちゃん、わたしはぜったい立派なタイの主婦になんかなれないよ。おいしいのは重々わかっていても、毎朝毎晩そうやってクロック叩いて気長にいちからカレーつくっていられないよ。東京のデパートのグローサリー売場でタイのカレーペーストを買うたび、あのときのおばあちゃんの呆《あき》れ顔が目の前に浮かぶ。わかっちゃいるけど、いったん知ってしまった簡便さはもう手放せない。これさえあればワンタッチぽん。思い立ったらすぐさま、そこそこ満足のいくタイのカレーがつくれるのだから背に腹は代えられない。

たけのこと牛肉のとびきり辛いレッドカレーを頬張り、額に汗をつたわせながら思う。かんがえてみれば、タイでもインドでも、そもそもカレーというものは、ゆったり鷹揚《おうよう》に流れる時間と惜しみない知恵と手間から生まれたもののように思われる。

「お、うれしいねえ今日はカレーだ」

カレーの香りは、どうしてひとをこうもよろこばせるのだろう。カレーと聞けば誰の鼻もひくひく蠢《うごめ》く。ただし、うちではまだその先があります。

「で、それはインドの？　タイの？　ニッポンの？」

ややこしくてすみません。「今日はインドの」と言えば、「ほう」。「今日はタイの」と言えば、「いいねえ」。しかし、わたしは知っている。「ええと、今日はニッポンです」

そのときだ、みなの顔にかすかな、ほんとうにかすかな安堵《あんど》の色が浮かぶのは。ニッポンの、つまりカレールーでつくったカレーはなにやら身もこころもなごませる。一切の構えがいらないから安堵する。さらには、熱いカレーがとろりとかかれば、こころゆくまで白いごはんがたっぷり食べられる――カレーライスは、すでに日本人ひとりひとりの失われた「プチット・マドレーヌ」なのだ。

ただし、不思議なことに、それはニッポン人だけではないようである。モロッコで出会った男性は、「日本に帰ったらなにか送ってあげる。なにがいい」と聞くと、言下に、「カレー、お願いします！」。オーストラリアに留学していた娘は、当時のクラスメイトのイタリア女性に頼まれて、半年に一度カレールーの小包を送るのが習慣だ。何ヶ国もの生徒が集うパーティで「日本料理」をつくれば、ダントツ人気はいつもカレーだったという。さらには、この春東京に遊びにきたタイ人の友だちがスーパーで買い物したがった目的は、カレーなのだった。

カレールーでつくるニッポンのカレー、それは、本家のアジアも経由先のヨーロッパもとろりとおおらかに吸収合併し、ひとつに束ねた眩惑《げんわく》の味がするのかもしれない。

庭先の木に止まったせみが昼間からみんみん大合唱している。暑さも真っ盛り、そんな日はやっぱりカレーで決まりでしょう。インドスタイルでオクラのカレーでいってみるか。ココナッツミルクのまろやかなコクを思いだせば、タイのカレーもにわかに恋しい。いや、暑い盛りに汗をかきかき啜《すす》る辛いカレーうどんもこたえられない。さあどれにする。

気もそぞろに冷蔵庫のなかをのぞきこむ。辛さのなかにいろんな味が複雑に弾《はじ》ける、その瞬間を思うと興奮が沸き起こる。ビールを冷やそう。カレーをつくろう。夏のカレーに元気を鼓舞してもらうのだ。

私のカレー・ライス

宇野千代

私と東郷青児とはその頃、世田谷の淡島で、あれは何を指して言ったのでしょうか、コルビジェ風と言われていました、その頃としては最新式の、洋風建築の家の中で住んでいたのでした。

中身はどうでありましても、外側から人が見た限りでは、全く、人の見る目も羨ましい、と言うような生活をしていたものでした。東郷はその頃、パリーからの新帰朝、と言われていましただけありまして、住む家も着る洋服も、フランス直輸入のものばかり、かと思われていましたのでしたけれども、住む家と着ておりますものとは、正に、その通りであったとしましても、おっとどっこい、朝晩、食べていますものだけは、今日もコロッケ、明日もコロッケではございませんで、今日もライス・カレー、明日もライス・カレーだったのですから、吃驚仰天《びっくりぎょうてん》するのではないでしょうか。

それにしましても、パリーで生活しておりました間中、東郷青児がライス・カレーばかり食べていました筈が、どうしてあるでしょうか。では、どうして、私と一緒になりましてから後の東郷が、今日もライス・カレー、明日もライス・カレーにばかりなったのでございましょうか。

それは一途《いちず》に、私が腕によりをかけて、そのライス・カレーにつける薬味《やくみ》を、新しく考え出した、その私の腕前にあったのではないでしょうか。日本風のライス・カレーなどと言いますものが、東郷青児のパリーでの生活の中に、姿を現わします筈が、一体、あるものでございましょうか。

そのとき、私が東郷と一緒に暮らしていました淡島の家には、広い、洒落《しやれ》た応接間がありましたのは、あなたも、よくご存じですね。その応接間に、漆《うるし》塗りの真っ黒な、それは大きな円卓子が、でんと据《す》えてありまして、そこにライス・カレーの出ますときには、もう、二十種類くらいもあるライス・カレーの薬味が、その黒塗りの円卓子の上に、ずらりと列《なら》べて出してありましたでしょう。

その薬味の一つ一つを、私が作らなければなりませんでしたから、それは、もう、とても忙しかったのですが、東郷はその薬味に一々、目をとめて、それは満足そうに、そして自慢そうにして見ていましたのを、いまでも、私は忘れることが出来ません。

「これは旨《うま》い」と言っては東郷青児が、その薬味を、ライス・カレーの薬味として食べるのではなくて、一つ一つ、手で摘《つま》んでは食べるのでした。

中でも、筍《たけのこ》の乱切りに小さく切って味をつけて煮たものに、山葵《わさび》をまぶしたのなどは、それだけを摘んでは食べていました様子など、いまも、目に見えるような気がしますのです。

私もそんな東郷青児のしぐさが面白くて、つい、今度は、どんな薬味を作ろうかなどと、薬味作りに精を出すようになったのです。おかしいではありませんか。人間と言うものは、つい、人の好みに調子を合わせて、思わず、何か新しいことを考えついたりするものなのです。

しかし、ライス・カレーのときだと言いますと、いつでも、二十種類以上の薬味が、ずらりと黒卓子の上に列ぶものですから、それはとても壮観でございましたよ。

「まあ、何てきれいなライス・カレーなんでしょう」と言って、私の作ったライス・カレーを見たお客さまは、異口同音にそう言って、喜んでくれるのですが、一体、世の中に、きれいなライス・カレーなどと言うものがあるでしょうか。

ところが、それがあるのです。見た目にも華やかな、まるで、お花畑みたいなライス・カレーがあるのです。などと言って、勿体ぶらずに、あっさりとお話しすることにいたしましょうね。

実は、御飯にかけたカレー汁の上に、細かく賽《さい》の目に切ったポテトや、人参のほかに、グリンピースなど、まるで花が咲いたように散らしてあるのです。

それにしても、どうして私が、こんなカレーを作り出す気になったのでしょうか。それは或る日、ふと、こんなことを考えたからなのです。

「なぜ、カレーと言うものは、肉と野菜を一緒にして煮込まなければならないのだろうか」

と、そう思ったのでした。もともと私は、煮崩れた馬鈴薯《ばれいしょ》などが這入《はい》っている、この料理と言うものが、あんまり好きにはなれなかったからです。

「何も肉と野菜を一緒に煮込まなくても好い。野菜はあとから、カレーの上に散らせば好い。野菜の旨味《うまみ》が大事だと言うのなら、野菜をゆでた汁を捨てないで、スープとして利用すれば好いではないか」

と、そう思ったのでした。この方法でしたら、野菜はあらかじめ、ゆでてありますので、煮崩れて、デロデロになる心配はありません。而《しか》も、色彩的にも美しい筈ではありませんか。

いままでに、こんなに素敵なカレー・ライスがあったでしょうか。そう思いますと私は、この思いつきに、もう、夢中になって了《しま》いました。それから、夢中になった序《つい》でに、この上はただ見掛けだけではなく、頰っぺたも落ちるような旨いカレーにして、みんなを吃驚仰天させてやろうと、張り切って了ったと言うのですから、我ながら、呆れ返るではありませんか。

この新機軸のカレーを作るために、まず、私は牛の挽き肉を買って来ました。いつもの肉ではなく、挽き肉を買って来ましたのは、私の心に、或る閃《ひらめ》きがあったからなのです。

私はまず、玉葱の微塵《みじん》切りを、バターでいためることから始めました。玉葱が色づいた頃に、挽き肉を加えて、さらに、よくいためます。

それから、ポテトと人参の賽の目に切ったのを、ゆでた汁に注ぎます。煮立って来たら弱火にして、アクを取りながら、煮続けます。賽の目切りの野菜は冷めないように、湯煎《ゆせん》に掛けて温めておきます。ゆでたグリンピースも温めておきます。

そして、フライパンにサラダ油を敷き、メリケン粉を弱火でいため、粉臭《こなくさ》さを抜いてから、カレー粉を入れて、いためたものを作っておきます。

先刻の肉汁の中に酒を入れ、コンソメスープの素を加えて味をつけます。この汁でカレー入りの粉を溶いて肉汁を加え、適当にトロミをつけます。

私がこの、挽き肉入りのカレーを作りましたのには、訳があるのです。と、言いますのは、この日はお客さまが何人来るのか、ちょっと見当がつかなかったからなのです。この、挽き肉入りのカレーならば、肉が足りなくてお客さまに、わびしい思いをさせないでも済むのではありませんか。また、もし、カレーが足りなくなったら、スープをちょっと加えるだけで、たちどころに、四、五人前くらいは増やすことが出来るではありませんか。挽き肉からは、旨味も充分に出ています。それに食べ易くもあり、消化も好い筈です。うちの者たちに、味を見て貰いましたところが、

「あら、先生、とてもおいしいではありませんか、このカレー」

と、そう言ってくれたではありませんか。この新機軸のカレーは、これで、お了いになった訳ではありません。まだ続きがあるのですから、どうぞ聞いて下さい。

さて、この上に、私は何をやり出したと言うのでしょうか。それは、このカレー・ライスに向く、薬味を用意したのです。それも、一つや二つではありません。何と、十種類以上も取り揃えたのでした。花らっきょうや、福神漬け、紅生姜《べにしょうが》などは当たり前のこと、ゆで卵、松の実、オリーブの実、各種ナッツの刻んだもの、それに薄切り玉葱、胡瓜のピクルス、それに缶詰めの蜜柑まで添えたのです。

これらのものが列んだ食卓の上の光景を、どうか、想像して見て下さい。そこに、ゆでた野菜を彩りよく散らしたカレー・ライスが出て来ると言うのですから、お客さまが目を見張るのも、無理はありません。どうも、こう言うところが、「やり過ぎる」私の性癖で、いつでも、うちの者におこられるのですけれど、

「でも、お客さまは、あんなに喜んでくれたじゃないの」

と言って、私はけろりとしています。全く、こう言うカレーは、料理屋では絶対に食べられないものですから、ぜひ、誰方《どなた》もお作りになって、お友達を吃驚仰天させてお上げになっては如何《いかが》ですか。

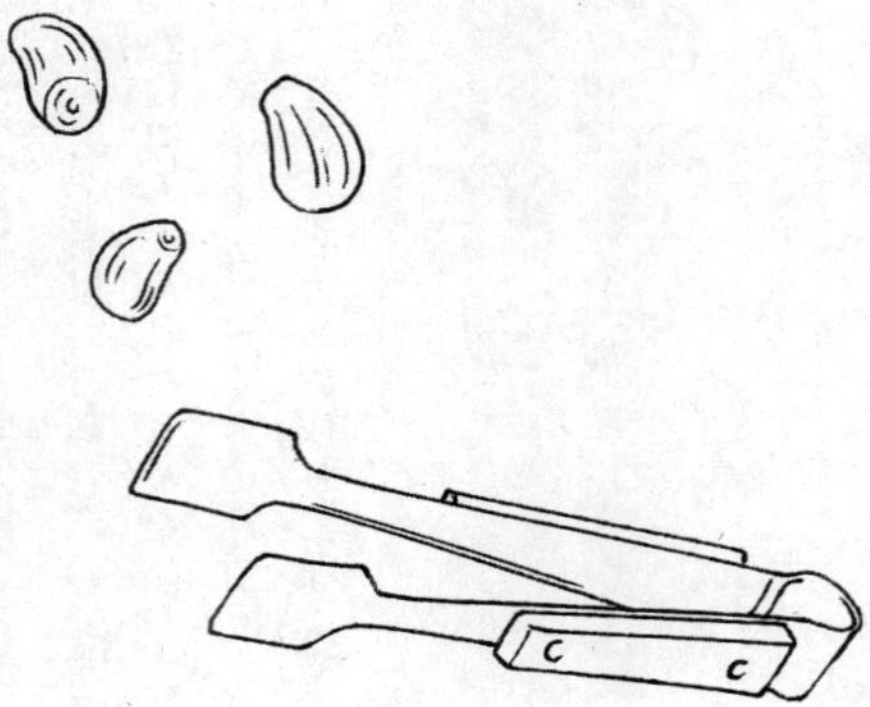

カレーライス（西欧式）、カレーライス（インド式）

檀　一雄

カレーライス（西欧式）

暑い時には、暑い国の料理がよろしい、と私は繰り返しいったつもりだ。

そこで、真っ先に思い出すのは、インドやジャワのカレー料理である。

みなさんが、カレーライスと呼んで、日本中の誰にも彼にも親しまれているあのドロリとしたカレーライスは、ラーメンと同様、日本独自の発達を遂げた、日本式カレーであって、私も大層好きだ。

どこかの町に出かけていって、その町の食堂に腰をおろしながら、ラードでまんべんなくまぶしつくしたような、カレーライスを食べるのは、旅の楽しみの一つでさえある。

大雑把にいうと、カレーライスには二種類あって、一つは、インド式のカレー料理であり、もう一つは西欧式のカレー料理である。

と、いうより、西欧人が、インドのカレー料理を、インド式につくるより、西欧式につくった方が、簡単でもあり、手馴れてもおり、口にも合うと、そう思って西欧式に、つくり変えてしまったのが、西欧式のカレー料理で、私達が日頃食べ馴れているカレーライスは、その西欧式の流れを汲むものだろう。

そこで一番簡単で、おいしい、その西欧式カレーライスのつくり方をまず紹介してから、インド式カレー料理に移ることにしよう。

インドでは、ルーをつくって、カレー汁にとろみをつけることをしない。ギーという乳製油とか、植物油とか、椰子の実の汁とかを、たんねんにいためて、とろみをつけるのだが、西欧式だと、メリケン粉で、ルーをつくって、カレー汁のとろみをつけるわけである。

私がはじめに紹介するのは、西欧式の、一番手っとり早い、カレーライスだ。

まず、タマネギを大量に油いためする。左様、五人前ならタマネギ五個ぐらいの意気込みで、まず二つ割りにし、それを薄くスライスしてゆく。

ザル一杯の薄切りタマネギが出来上がるだろう。これを、なるべく分厚いフライパンか、中華鍋か、大鍋で、サラダ油半分、バター半分ぐらいの油で、丁寧にいためるのである。

もちろん、嫌でさえなかったら、ニンニクをスライスして、一緒にいためる方が、ずっとおいしい。

丁寧にいためるといったのは、時間をかけるということで、トロ火で、なるべくゆっくりいためる方がよい。鍋さえ厚かったらあまりこげつくことがないから、テレビでも見ながら、時折まぜてやるだけで、一時間あまりいためる方がよいだろう。

もとのタマネギの四分の一ぐらいの量になり、狐色に色づいて、ほとんど汁気がなくなった頃メリケン粉を茶碗に半杯ぐらい加える。一緒によくいため合わせた挙句に、カレー粉も加えて、スープか水かで、たんねんにときのばす。

さて、別のフライパンで、好みの肉をいためよう。豚の小間切れでも、三枚肉でも、牛肉のブツ切りでも、鶏でも、何でもよろしい。

強火で、サラダ油とバターで、手早くいため、その中にジャガイモや、ニンジンや、シイタケなど好みの具のサイの目に切ったものを加えながら、しばらくいためる。

よく火が通った頃、肉とジャガイモとニンジンやシイタケなどを、もとのタマネギの大鍋に移し、ゆっくりとトロ火で煮る。

この時、できたら、月桂樹の葉っぱだの、パセリのシンだの、クローブだの、タイムだの、好みの香料をゆわえて入れる方がよい。

更にチャツネを加えるのがよろしいが、無かったら、ジャムとトマト・ピューレを入れてみてご覧なさい。塩で味をつけ、ウスター・ソースで味を足し、出来上がった頃、もう一度カレー粉を追加するがよい。

カレーライス（インド式）

ひとつ、今夏はサフランの香気を充分にもりあわせたインド式のカレーをつくって、残暑の耐えがたさを、一ぺんに吹きとばそう。

カレーの料理は、みんな特有の黄色い色を呈しているが、あれは、カレーをつくるときの香辛料の中に、サフランとかターメリッグとか、真っ黄色い香草を混入するからだ。

サフランはサフランの花柱を陰乾しにしてつくった真っ黄色の香りの高い薬草だが、血のめぐりがよくなると言われ、胃腸によろしく、また素敵な鎮静の作用をもっている。

しかし、小さな花の花芯のあたりだけを集めて乾すのだから、値段も高い。

そこで、普通のカレー粉には、サフランなど入れておらず、ターメリッグという、ヒネショウガのような黄色い根茎を使うのである。

インドでは、さまざまの香辛料を、自分の好みによせ集めて、石ウスでつき、これをカレーの中に入れるわけだが、そんな手間ヒマの持ち合わせがないわれわれは、カレー粉という便利な調合された香辛料を使うわけだ。

ただ、少しばかりぜいたくのつもりで、サフランだけは、生粋のものを使ってみよう。サフランは薬屋とか、漢方薬屋とか、デパートの香辛料の部に、一ビン四百円ぐらいで売っている。一ビンといったって、ほんの僅かで、五、六人前のカレーをつくるのなら、一ビンの三分の一ぐらいは使わなくてはならぬ。

はじめにサフランを庖丁で細かくきざみ、コップの中に入れて、熱湯をそそぎかけておく。発色をよくするためだ。

きょうの材料は水たき用の鶏のブツ切りをおもな材料ということにして、鶏のブツ切り六〇〇グラムぐらいを買っておこう。

まず最初に、タマネギをほんの僅か薄切りにして、ニンニクやショウガの薄切りと一緒に、サラダ油とバターで、黒い焦目がつくぐらいにいため、油をしためて紙の上にのせておく。これはあとでカレーの色をよくするためと、香気を加えるためだ。

インドカレーは、メリケン粉のつなぎを使わず、主としてギーという乳製の脂でいためながら、少しずつ少しずつ、トロミを出してゆくわけだが、サラダ油とバターを半々ぐらいに使ったら、わが家のカレーは、上等の部にはいるだろう。

中華鍋の中で鶏六〇〇グラムを、少し多い目のサラダ油とバターで、いためよう。この時もちろんニンニクも一緒にいためたほうがおいしいはずだ。

さて、鶏の表面に焦目がついたころ、荒くブツブツに切ったタマネギ三個分ぐらいを加える。ジャガイモやニンジンも入れたかったら、ほかのフライパンで、別にいためておくほうが無難である。

鶏とタマネギがほどよくいため終わったら、コップの熱湯につけておいたサフランを残らず鶏とタマネギの上にかける。よくまぜ合わせながら、カレー粉も加えよう。

少しスープかトマト・ジュースを足して、鶏とタマネギを焦げつかぬていど、つまりヒタヒタよりちょっと少な目の汁加減にしておく。このとき、トウガラシをまるのまま二本、ソッと脇のほうに入れておき、できたら、カラシの実とか、粒コショウの実とかを荒くひいて加えておくほうがよい。

一番はじめに、半こがしに、いためておいたタマネギを指先でもんで散らし、トマト・ピューレとか、チャツネとか、なければ、ジャムなどを入れて、甘味とすっぱみを加え、塩加減をする。ここで別にいためたジャガイモやニンジンなども一緒にしよう。

こうして、鶏の骨ばなれがよくなった頃が出来上がりだ。仕上がりにもう一度カレー粉を足すと、なおさらよい。

カレーライスをチンケに食う

村松友視

あるとき、近々カレーライス屋をひらくのだというヒトに会った。彼は、これまでにないカレーライス屋というプランをもっていたが、それは大体において次のごとき趣きであった。

カレーライスはいつもかき回されている方がうまい……これがこのヒトの第一の思い込みで、この点を満足させるため、彼はアンコ屋の鍋と道具を取り入れた。つまり、アンコをかきまぜる電動の機械つきの鍋に、カレーを入れておくのだ。そうすればカレーの味はいつも混じり合い、ときどき肉や野菜をぶち込めばいいというあんばいだ。カレーライスは早くなければいけない……この第二の思い込みも、このシステムで解決できた。カレーライスにかぎらず、日本人は〝いますぐ食べたい〟という状態で店へ飛び込むケースが多い。これは、食事の時間を大事にキープする中国や西洋とちがい、ギリギリまで働いてしまう日本人の生活感覚からくることだ。

　とくにカレーライスなど、入ってやたら待たせたら、食うのがいやになってしまうだろうということで、お客が店へ入ると同時に出てこなければいけないとこのヒトは考えた。店にはカレーライスしかなく、お客の注文は大盛か並かを選ぶだけということであります。

　カレーライスの米は旨い方がいい……これはかなり当り前みたいだが、このヒトはここにサービスのテーマをからめる。米を選ぶときに採算を考えると、米の値段もなるべくおさえてというのがふつうだが、このヒトは最高の米を選ぶ。米の値段など、最高と最低の差がもっとも低いのだから、上等な米をつかってサービスした方が商売にもつながるというのがこのヒトの持論だ。カレーライスに使われている米がまずいのと旨いのとでは印象がまったくちがい、経費はそのわりにはかからないということだ。

　カレーライスについた薬味にはケチするな……これが最後の思い込みだ。そう言えば、カレーライスの脇に福神漬《づけ》が寒そうに四枚ほど寄り添っているなんざ、何となく食べるまえに寂しくなってしまう風景だ。やはりこれは、豪華にふんだんに使ってもらうべきだというのである。

「いくら食うったってアンタ、福神漬やラッキョウやベニショウガなんて、ドンブリいっぱい食えるもんじゃありませんよ」

このヒトは、そう言って豪華に笑った。

私は、このヒトの気っ風《きぷ》のいいプランがすっかり気に入ってしまい、開店早々に行ってみた。するとやはり、このヒトの商法は図に当って、連日の大入り満員という盛況ぶりだった。

私はすぐ出る旨い米のカレーライスを食べ、アンコの機械でよくかき回してねれた味にも感動した。だが、例によって私は、福神漬やベニショウガをあまり多く皿に取ることをためらい、ポーズをとってわずかな量でがまんした。あまりにも大らかなプランに、私のチンケなセンスが追いつかなかったというお粗末。

ライスカレー

吉行淳之介

ライスカレーとカレーライスとは、どうも別種のものだと私にはおもえる。カレーライスとはすなわちカリー・アンド・ライスで、本場のものもしくは本場に近いものというニュアンスが感じられ、一方ライスカレーは本場ものを翻訳し日本化したものという感じがある。であるから、レストランと銘打っている店で食べさせる、なるべく本場風にしようとしている、色が茶色っぽくて、香辛料をいろいろ使って複雑な味にしようとしているものはカレーライスである。食堂で食べさせる、黄色くてドロリとして、福神漬のよく似合うのがライスカレーである。

このような日本化に成功したものは、ほかに二つあって、すなわちライスカレー、ラーメン、トンカツが、三大食物といえるだろう。これらを味わうには、洗練された舌をもっている必要はないので、最大公約数的な味覚に、端的に素朴に訴えてくる。

そこがよろしいので、もっとデリケートな味覚に訴えようとすると、ライスカレー変じてカレーライスとなる。

端的に素朴に最大公約数的な味覚に訴えてくるから、これらは少年の舌にとっての三大ご馳走ということもできる。ライスカレーというものには、少年の日を思い出させるものがあり、人に郷愁をおこさせるものがある。

複雑微妙な味というものは、上等な音楽に似ていて、まことに結構であるが、ときにはそういうものを味わう姿勢をうっとうしく感じることが起る。もっと貪欲な、あらあらしい、素朴な味にあこがれることがある。

「ライスカレーが食べたいなあ、まっ黄色でどろどろしていて、肉は豚で、ジャガイモやニンジンがごろごろしていて、緑色のグリンピースなんぞもあっていいな。それに、どっさり福神漬をつける」

こういう気分になるときには、註文はなかなか細かくなる。スプーンは、アルミニウムのペラペラのやつで、それを水を入れたコップに突込んで持ってきてもらいたい、などと言う。

こういうライスカレーにあこがれるということは、食べ物にあこがれているわけではなく、人生にもっとなまなましく触れ合ってみたい、というような心持のあらわれといえる。

たしか坂口安吾だったか、酔っぱらった挙句、ライスカレー百人前を届けさせて、それを芝生にずらりと並べて眺めていた、という話がある。こういう突飛なことも、いま書いたような角度から考えてみれば、理解できるような気がする。

ライスカレーにまつわる少年の日の思い出というものを、誰でもそれぞれ一つは持っているにちがいない。

私の父親は、料理自慢で、しばしば台所に入ってフライパンを握ったり鍋をかきまわしたりしていた。彼に言わせると、「ライスカレーは猛烈に辛くなくてはいけない」というわけで、ときおりつくってくれたものは、舌が痺れるくらい辛かった。ハアハア息をはきながら、水を飲み飲み食べたのも、懐しい思い出の一つである。

いまとは逆に、少年の日には、こんなことを考えた。

「ライスカレーはおいしいが、もっと、本場みたいな味のものが食べたいな」

そこで、ときたま、当時有名だった中村屋のカレーライスを食べに連れて行ってもらう。この茶色っぽいカレーライスが、素敵においしくおもえたものだ。

もっとも、本場本場といっても、本場のものがどんなものかよく知らない。北杜夫のヒマラヤ小説に出てくるパキスタンのカレーライスというのは、羊か鶏の肉をスパイスと煮詰め、水をすこし加えてまた別のスパイスを加えて煮詰める。これをおどろくほど長い時間かけて、繰返す。出来上ったものは、どろどろがほとんどなくて、肉だけがころりとしているというが、これが沢山の種類のあるカレーのうちの一種なのかどうかも分らない。

ともかく、いま問題にしているのは、カレーライスではなくて、ライスカレーである。このライスカレーの特徴のもう一つのものは、各家庭が、それぞれ「おいしいライスカレーの作り方」についての意見を持っていることである。たとえば、リンゴを一個オロシ金でおろして混ぜるとよい、などというたぐいである。そういうことを、それぞれ「わが家の秘伝」としてあたためていて嬉しそうなところが、ライスカレーの愛嬌のあるところである。つまり、ただ食べ物という範囲にとどまってない広がりのある食物で、生活のにおいが沁みこんでいるのがライスカレーというものである。

歩兵の思想

寺山修司

サラリーマンは
気楽な稼業と来たもんだあ
とサラリーマンではない植木等氏が唄う。
すると、満員電車のサラリーマンたちは身をゆさぶって幸福そうに笑う。
だが一体「気楽」とは何なのか？　それはサラリーマンにとって喜ぶべきことなのかどうか？　小市民的な時代における「大市民」の理想について考えてみよう。

ライスカレーとラーメンとの時代的考察をしてみようと思いはじめた。
この二つの食物は、ともに学生やサラリーマンにもっとも身近なものであって、これに餃子を加えると大衆食「三種の神器」になる。

だが、ライスカレーとラーメンとはよく似たような愛され方をしているように見えながら、実は微妙にちがったファンを持っているのである。

一口に断定すれば、ライスカレー人間というのは現状維持型の保守派が多くて、ラーメン人間というのは欲求不満型の革新派が多い。それは（インスタント食品をのぞくと）ライスカレーが家庭の味であるのにくらべて、ラーメンが街の味だからかもしれない。

私の持っていたラジオ番組「キャスター」（QR）の中で、ノーマン・メイラーばりに「一分間に一万語」というセクションを設けて、聴視者に一分間ずつ勝手なことを演説させたり、プロテストさせたりしたことがあった。

（なかには、日常生活があまりにも味気ないので、ラジオを通して一分間笑って、日本中に自分の笑い声をひびかせたいという人もいて、一分間「イヒヒヒ、ウフフフフ……フフ、イヒヒ、ホホ……」と繰り返したこともあった）

その一分間一万語の出演者の中の、あるサラリーマンがライスカレーの話をしたのが妙に私の心に残った。

彼は、自分の妻のライスカレーがいかにうまいか、という話を一分間したのであったが、それはいわば「家庭の幸福」のシンボルとして、ライスカレー憲章のようなものが存在する、という話であった。

「どんなに会社で面白くないことがあっても、路地を曲ってアパートの方からプーンと、うちのかあちゃんのライスカレーの匂いが漂ってくるともう何もかも忘れちゃってね。

ああ、俺にはホームがあるなってことをシミジミと感じましたね」

——こうしたライスカレー人間が、いわばホワイトカラーの典型であって、日本の歩兵なのである。

彼ら、ライスカレー歩兵にとって、幸福の最大公約数は「よく眠ること」「親子そろって無事であること」「テレビを観ること」などである。

だからこそ、植木等はカンシャク玉を破裂させたような声で日本版プロテストソングを唄うのだ。

ホラも吹かなきゃ　ホコリも立たず
いびきもかかなきゃ　ねごともいわず
ボソボソ暮らしても　世の中ァ同じ
デッカイホラ吹いて　プワーッといこう

ホラ吹いて　ホラ吹いて
吹いて！　吹いて！　吹いて！

　という訳だ。

だが、同じ「一分間に一万語」で、日本人ホラ吹き大コンクールと銘打って、ホラの吹きくらべをさせたときにも何一つ卓抜なものが出てこなかった。ホラが出ないのでウソが出る。つまり、現実のヴァリエーションは出るが、想像力の創造などは出てこないのである。

「ああ、つまらないね」と私はいった。

「ライスカレー人間には何も期待できない。彼ら幸福な種族には、もはや現実との緊張関係など生まれっこないのだ」

「でも、それがいいんじゃないのですか」

　とサラリーマン氏はいった。

「ほら吹いてプワーッといこうとしたところで、現実はそんなに甘くはないですからね。地道に、平凡にいくのが一番いいんですよ」

ところで、ライスカレー人間のこの堅実さにくらべると、ラーメン人間の方がいく分可能性が持てる。

ラーメン人間は、何時も少し貧しく、そしていらいらしている。あの、地獄のカマユデのように湯気の立ちのぼるラーメン屋の台所には、何かしら、「戦争」のイメージさえ思い出させるものがある。というサラリーマンもいる。「結局のところ、ラーメン人間の欲求不満ってのは、そのラーメンの味の中に何かを求めてるんじゃなくって、ライスカレーよりも安いってところから来るんですよ。

安いラーメンしか食えないって不満と、すぐに腹が空くって不満。

つまりは収入が少ないって不満であり、階級的な不満ってことになるんですよ」そう説明してくれたのも、またべつのサラリーマン氏である。

だが……と私は思うのだ。

「ラーメンとライスカレーのあいだの、ほんの二、三十円の値段の差が、幸福の限界線だというのは、あまりにも涙ぐましい話じゃないかね？」

「ライスカレーはうまいですからね。インド人もびっくり！　なんていうじゃないですか！」

「キミは？」と私は訊ねた。

「ヒレ肉のステーキや、北京の鴨や、燕の巣のスープを味わってみたいとは思わないかね？」

するとサラリーマン氏いわく、

「私はあんまりゲテモノ趣味はないんです」

「ゲテモノ？　ゲテモノじゃない、私は高級料理の話をしているのだ」

すると彼は軽蔑的にいった。

「そんなもの食ったって何になるんです？　燕の巣なんか食ってみたって、お腹をこわさなければ幸運ですよ。第一、ビクビクしながら食ったってちっともうまくないですからね」

「それじゃ、食生活の冒険なんて無理だね。味覚文化もちっとも発達しない」

「ああ、発達しなくたっていいですよ。私はかあちゃんのライスカレーさえあれば充分満足なんだから」

ジャン・ポール・ラクロワの「出世しない秘訣」という書物には「いかにして出世から逃がれるか」ということが書かれてある。それによると、

「一たん出世したら、金はなくともヒマと友情にめぐまれつつ幸福を小川の鮒のように釣り上げていた楽しかりし日を偲んでも、もはや追っつかない。こうしたご仁は、

金を儲けたり命令を発したりする機械になりはてて、ハートのところには小切手帳を持ち、うちつづく社用パーティーで肝臓はふくれあがり、受話器のために耳は変形してしまう。

彼らはいう――時は金なりと。だが、おかしなことに、金を持てば持つほど彼らの時は少なくなっている。

友人と一ぱいひっかけに行くとか、若い娘さんとボート遊びをするとか、古本屋をあさり廻るとか――そんな真似をしていられるかい、一分間に十万フラン儲かる（または損する）とわかっているんだもの――ふふん。……といった按配

そして出世を避けて、平凡に生きるためにはどうするかについての、細目にわたる指針が示されている。

その通りにしさえすれば、「四十歳頃には、あなたはかのすばらしい存在、あの文明の華、すなわち『落伍者』となりうるだろう」という訳である。

こうした爆笑を誘うような書物こそ、ライスカレー人間にとっては福音の書であるといえる。つまり「友人をつくるな」「ヘマをやれ」「目立つな」というアドバイスこそ、彼らの無気力さのカクレミノになるからである。

しかも、その巻末の「いかにして彼らは出世しなかったか」という有名でない人々

の伝記とわが身とをひきくらべて、その類似点の多さにニヤニヤしながら、ホッと安堵の溜息を洩らし、同時に何となくさみしい気がすることだろう。

サラリーマンは歩兵である。

つまり、満員電車と会社とマイホームの往復を一齣ずつ一進一歩してゆく。しかし、将棋においては歩兵は一度ひっくりかえるとたちまち金将になることもできるのである。

これは出世の喩ではなくて、もっと大きな……たとえば「価値の問題」としてである。

ライスカレーとラーメンの小競合いから、一気に生きかた全体への問題にまで立ちもどるときに、二つの食物の差が大きなサラリーマンの理想にまで発展する可能性を持ちはじめるのだ。

サラリーマンの「幸福論」は、ライスカレーの中などに見出されるべきではない。「幸福」について、もっともっと流動的なイメージを持たぬ限り、歩兵は一生歩兵のままで終ることになるだろう。

「幸福とは幸福をさがすことである。　ジュール・ルナアル」

議論

獅子文六

八月の炎天に、食べものの話をしたって、しようがないようなものである。前にも書いたとおり、二月の食べものは、まだ救いがあるが、八月となると、なるべく食べない算段をして、炎暑の過ぎ行くのを、待つより仕方がない。夏痩せという語があるが、食う愉しみがなく、ソーメンのようなものばかりに、頼っていては、痩せもするだろう。

しかし、それは、私のようなオイボレや、昔風の柳腰の美人ということであって、盛夏だって、天は旺盛なる食欲を恵んでる人もあるのである。ものがマズいというのは、老衰か、不健康の証拠であり、また、根性も曲ってるのだろう。

若い学生と労働者の健康なる食欲を、私は尊敬する。

私も、曾て、若い学生だったが、暑いからといって、食が減るという経験は、なかったように思う。むしろ、夏の方が、腹が空いた。泳いだり、運動したりする機会が多かったからだろう。もっともマズいオカズの時には食わず、牛肉でも出ると、五、六ぱいの飯を代えた。土用のうちでも、肌寒い日が、よくあるもので、そういう時に、母親が牛鍋でもこしらえてくれると、実に、大食した。私の若い頃は、肉食が高価で、魚が安かったのだろう。肉料理は、せいぜい、週二回ぐらいだった。近頃は、逆になって、家庭料理も、すっかり、内容が変ってしまった。

カレー・ライスなんてものも、今では、どこの家でも、安直なお惣菜として、食事に出るが、私の若い時には、ご馳走だった。その頃は、国産のカレー粉がないから、私の母親なぞ、舶来のを、大事そうに、使ってた。そして、料理法も幼稚で、バターで材料の下ごしらえなぞせず、水煮の肉と野菜に、カレーとウドン粉を、混じるに過ぎなかったから、大変、水っぽかった。

それでも、私たちは、スープ皿に山盛りのカレー・ライスを、二はい、或いは、三ばい食べ、水をガブガブ飲んだ。

私が濃いカレー汁を、初めて見たのは、最初の渡欧で、舟がシンガポールに寄港した時だった。碇泊が長いので、上陸して、日本旅館に休憩に行ったが、何しろ暑くて、ものを食う気になれず、アイス・クリームを取ってもらって、渇をとどめた。

その旅館の奥座敷は、町の汚ない裏通りに面していて、そこに、数軒の露店が出てた。一軒は、ミカン水のようなものを売り、もう一軒は食べもの屋だった。往来に黒い肌の労働者が、見るからに暑そうに、ダランとして、往来にシャガんでたが、そのうちのある者は、食事をしてた。露店から、蓮の葉のようなものに、飯を盛り、汁をかけたものを、買ってきて、左手の指で、ジカに、口へ持ってった。

「何を食ってるんだね」

と、女中に聞くと、カレー・ライスだと、教えてくれた。左の手は、清潔のものとなってるので、ものを食べる時には、そうするのだとも教えてくれた。

その汁というのが、日本のカレーと似ても似つかず、赤褐色で、ドロドロしてた。黒人は、それを丁寧に、指さきで飯を混じ、ゆっとりと食べてた。大変カラいものだと、女中がいってた。その時の情景を、私は、拙作『南の風』に、書き入れた。

私は、そんな場合に、一食を試みたい好奇心を湧かすのだが、暑さと、不潔さで、全然、その気にならなかった。

しかし、カレー料理が、熱帯のものであることは、ひどく実感を誘った。シンガポールでも、高級なカレー料理を食わせる家があるそうだが、ジャバのオランダ人経営のホテルのカレー・ライスが、南洋第一のものだという話も聞いた。カレーそのものよりも、チャツネのような添加物が、四十幾種とかあって、自分の好みによって、味を整えるらしかった。きっと、ウマいように、思われた。

でも、一体、カレー・ライスというのは、洋食なのか、熱帯料理なのか、疑問が浮んだ。そして、やがてパリへ着いて、数年間を送ったが、その間に、一度も、カレー・ライスにお目にかからなかった。レストオランのメニユにないのである。ただ、一軒だけ、例外があった。日本人クラブの食堂である。そこへ行くと、カレー・ライスがあった。トン・カツもあった。両方とも、日本人の食う洋食で、フランスに関係ないのだろう。

しかし、ロンドンへ行くと、インド料理店があって、カレー・ライスが食べられると、聞いたが、トン・カツを注文しても、断わられるだろう。私がヨーロッパでトン・カツを食ったのは、ただ一度。それも、ベルリンの友人の下宿の婆さんが、こしらえてくれたので、犢《こうし》のカツレツは、ドイツの料理店にあっても、豚はその時にとどまった。

カレー料理は、熱帯のものだから、夏に食うべきだろうが、われわれ老人には、閉口である。しかし、若い学生が、白い半袖シャツ一枚の姿で、汗をかきながら、暑いカレー・ライスを掻き込んでるのは、壮観であり、日本の将来を背負って立つ意気ごみすら、感じさせる。旺盛なる食欲の前に、暑気も寒気も、あったものではない。私は、若い人がカレー・ライスを食うのを、見るのが好きだ。

同様に、健康なる労働者が、一日の仕事を終って、飲み食いする愉しみも、想像できる。といって、近頃の労働者が飲食する場所は、大衆食堂にしろ、洋食風、中国風の料理が、著しく殖えたらしいから、カレー・ライスを食う学生と、大差ない食事だろうが、昔は、ちがってた。

飯屋《めしや》というものがあった。労働者は、そこへ行って、食事した。

文字通り、飯を食わせる店で、副食物も、それに適合したものだったが、酒も売り、飯屋で酔払ってる人力車夫というのも、珍しい風景ではなかった。

飯屋は、バカにできなかった。飯屋というだけあって、ここで食わせる米飯は、なかなか美味だった。炊き方が、上手なのだろう。そして汁類——ことに味噌汁がウマく、漬物が上手だった。

明治から大正にかけて、東京の各所に、飯屋が栄え、労働者ばかりでなく、下級サラリー・マンも、足を運んだが、学生は、立ち寄らなかった。それなのに、どうして私が飯屋を知ってるかというと、私の級友に、神田の大きな飯屋の息子があって、よくその家へ、遊びに行ったからである。

飯屋も大きいのになると、普請もドッシリして、入口の縄ノレンからして、堂々としてた。しかし客は印半纏《しるしばんてん》の労働者が多く、削りっぱなしの長いテーブルの両側に、縁台に腰かけ、空席のないほどだった。でも、彼等はあまり話をせず、サッサと飯を食って、帰るから、回転率がよく、薄利多売の商売が、成り立ったのだろう。

夏の蒸暑い夕でも、彼等は、熱いドジョウ汁のようなものを註文し、山盛りの飯茶碗を抱え、いかにもウマそうに、頰張ってた。空腹だからだろう。空き腹にマズいものなしというが、それは、料理の必要を否定する言葉に聞えるけれど、私の友人の家のような、大きな飯屋の食べものは、安価なのに、決してマズいものではなかった。飢餓線上の空腹は、問題にならぬけれど、一日三食をしてる者が、体を動かした結果、烈しい食欲を感じるのだったら、飯屋の食べもの程度の食味は、非常な満足感を、与えるだろう。私はその満足や悦びを、かなり大きく評価したい。茶人が心をこめた懐石を味わう時とちがって、鑑賞や批判は働かなくても、肉体の味わう悦びは、それに優るだろう。

フランス語で、食いしん坊のことをグールマン（Gourmand）といい、食通のことをグールメ（Gourmet）と呼ぶけれど、日本語に訳して感じるほど、截然たる区別があるものではない。むつかしくいえば、グールマンには、大食家の意味があり、グールメは、味の鑑定家をいうけれど、普通、両者の意味を混同して、用いてる。グールマンディーズ（Gourmandise）といえば、食道楽の意味になるのである。

それが、正しいと思う。味の鑑定家というものも、動物的食欲の所有者というものも、たとえ存在したところで、あまり意味のあるものではないと思う。真の意味で、味の鑑定家になるには、食欲のインポテンツになる必要があり、ガツガツと大食する者に、味のことを聞いても、仕方がないだろう。

この問題について、私は、個人的経験を語ることができる。

三十代の私は、健康であり、暴飲暴食をしても、消化器の故障もなく、かなりの食いしん坊だった。その頃、私の友人に、金持ちの息子がいて、彼のオゴリで、ものを食いに出かけたが、彼は胃病で、小量しか飲食せず、私の大食を軽蔑した。

「君のように、大食いの奴に、食物を語る資格はないね」

「何いってるんだ。雀の餌ほどのものを食って、ウマいのマズいのというのは、滑稽だよ。ウマいものを、ウンと食うところに、喜びがあるんだ。満腹感の幸福を君は知るまい」

「満腹感なんてものは、外道だよ。それは、胃の問題であって、舌の問題ではない」

「舌と胃とを、無関係な器官と思ってるのか。食欲あってこその食味ではないか」

き味覚を、悪評する場合は、いつも話が合った。

「君のいうのは、空腹にマズいものなしという俗論で、とるに足りないよ」

二人の議論は、どこまで行っても、キリがなかった。その癖、他の友人の憐れむべき味覚を、悪評する場合は、いつも話が合った。

「あいつは、犬みたいなものだ。何を食わしても、味がわからねえ奴だ……」

そして、それから、長い歳月がたった。彼は胃病が嵩じて、胃ガンとなり、戦争中に死んでしまった。私は、その頃の暴飲暴食の祟りで、胃潰瘍、膵臓炎、胆嚢炎と、消化器の病気ばかりやって、大食なぞ思いもよらない、老残の身となった。脂肪の多い、重い食物は、医者に禁じられ、食事の分量も、あの当時の半分以下で、小食だった彼よりも、もっと小食になってしまった。

そして、私は、よく、彼のことを、思い出す。あんなことをいって、議論したけれど、こっちが食欲のインポテになり、彼の気持が、よくわかるような気がする。

といって、私は、彼の主張に与《くみ》するわけでもないのである。よい料理、ウマい料理も、それを味わうには、やはり、ある程度の空腹を条件とすると、思ってる。近頃は、若い時のような空腹を、感じる機会はないが、それだけに、昔が恋しい。そして、空腹というものを、貴重に感じるのだろう。

しかし、空腹美味論というのは、料理のことを考えれば、一つの危険思想にちがいない。若い、強健な胃袋だけが、食物の醍醐味を知るというのは、暴論である。中年以後の生理が、ものの味、料理人の腕を、最もよく鑑賞できる。それは事実であり、料理の価値と存在理由を、教えてくれるのである。

とはいっても、その議論を、極端に押し進めることも、危険である。私が亡友に反対したのも、そんな考えがあったからだろう。

料理人は、よく味見ということをやり、猪口かなんかで、汁なぞの加減を、ちょいと味わって見るが、あの場合は、純粋な鑑定家の態度ではあっても、ものを食う人からは、遠いのである。ものを食うという態度は、そんなものではない。

更に、酒の鑑定人が、利き酒をする時を見ると、彼等は絶対に、酒を嚥下しない。口に含み、すぐ、吐き出すのみである。そうしないと、鑑定ということが、むつかしいそうだが、私等から見ると、酒を飲まないで、酒を批評するなんて、意味を失ってると、思うのである。

料理の鑑賞ということも、あまりむつかしいことをいい、あまり純粋さを求めようとすると、鑑賞そのものの成立を、妨げることになる。私が食通という語を信ぜず、強いて、そんなものになろうとすれば、不幸の道を歩くことになると、考えるのも、その点にある。

しかし、むつかしく考えさえしなければ、ウマい料理も、優れた料理人も、厳然として、存在するのだし、それを愉しむのは、生きる知恵の一つである。

＊

その方の知恵にかけては、フランス人だの中国人は、優れてるから、料理に関する書物も多い。中国では、古くから、有名な本が、相当あるらしいが、フランスでは、ブリア・サヴァランの『味覚の生理学』（邦訳、『美味礼賛』）が、最も聞えてる。

題名の示す通り、『味覚の生理学』は、料理書というより、食い、味わうこと一般の学問的随想のようなものだが、人生の書としての一面も、持ってる。著者は、女性も食味の鑑賞家として認め、妻が良人と一緒に、食事の快楽を共にし共に語り、共に笑い、一つのテーブルから、やがて一つのベッドへ移行することを、幸福の典型としてる。東洋では、中国でも、日本でも、妻が食欲や味覚に耽ることを、望んでいない。料理人もしくは給仕人として、認められるのみである。

日本人は、フランス人や中国人のように、料理の優れた古典を持たぬのは、長い期間、国民が粗食に甘んじてたからだろう。徳川中期までは、権力者だけが美味を知ってたとしても、国民がほんとに食味に眼覚めたのは、明治に新文明が入ってからで、食生活も一変した。今の日本人は、世界に類例のないほど、食いしん坊となり、フランス人や中国人を凌ぐに至ったが、顧みれば、明治百年の歴史に過ぎない。

日露戦争直前に、村井弦斎の『食道楽』という小説が書かれ、ブームを起したが、私の母や姉が夢中になって、読んでたのを、目撃してる。私も当時この小説の一部分を覗いたことがあるが、筋は至って単純で、お登和さんという美人の令嬢が、結婚するだけのことだったと思うが、彼女は料理の名手で、小説の随所に食物の講釈と料理法が、明細に出てくる。従って少年の私にとって、何の興味もない小説だった。

しかし、昨年、私はこの小説の全巻を、入手することができた。正続八巻の厖大なる小説である。そして、幼時の記憶は誤らず、これは世界に珍しい、料理小説であり、これだけのものが、あの頃に書かれた事実に、驚嘆し、更めて、明治文化の実質を、考えたくなった。

勿論、文芸として感心するところは、一つもない。しかし、小説の形を以て書かれた料理書として見る時、その内容の豊富さ、知識の該博さに、驚嘆するのである。ことに、洋食に関する記載が多く、フランス料理を伝える場合に、フランス語の誤りは散見するけれど、本格的な紹介を忘れてない点は、遠い明治という時期を考え、驚くべきことである。それは、小説を書くために、著者が調べたというよりも、彼がすでに知り、経験し、実践したことを、織り込んだとしか、思えないのである。今の作家の行うような俄か勉強（私もよくそれをやったが）で、あの小説は、断じて書ける道理がないのである。

私は、村井弦斎という作家に、興味を持った。

当時は、尾崎紅葉を頭目とする、硯友社一派の文芸が全盛で、風流と恋愛が、小説の基調だったのに、料理小説を著わすなぞは、反逆的であり、どういう考えだったのか。食物や料理に興味を持ってたにしても、それを小説に結びつけるというのは、大胆で、独創的ではないか。文壇で甘やかされる作家には、そんな構想は、思いつかないだろう。きっと、主流派から冷遇されてた人にちがいない。

そして、私は日本文学大辞典によって、村井弦斎の経歴を知った。

彼は文久三年豊橋市に生れ、明治初年東京外国語学校露語科に学び、銀行員、煙草の行商人なぞを経て、明治十八年渡米。帰朝後は報知新聞に入り、小説『小猫』を書いた。やがて同紙の編集長となり長編『日の出島』を書き、非常な歓迎を受けた。『食道楽』はその後、報知新聞に掲載されたもので、三十九年「婦人世界」の編集顧問となり、同誌に料理法、医療法等の方面で、独自の研究を発表した。作風は芸術的香気に乏しく、当時の評論家より、嘲罵を受けたが、発行部数は、常に他の小説を圧倒していた。昭和二年、平塚に於て没。

　以上で、村井弦斎の一半を知ったが、なるほど、風流文士の一生ではなかった。『日の出島』という代表作は、どういうものか知らないが、その視野や態度は、当時の文士と異っていたのではないか。

　しかし、『食道楽』は、明らかに、奇書であり、珍小説であって、弦斎の名を、後世に残すだろう。私も『バナナ』という新聞小説を書き、食いしん坊の主人公を扱ったことがあるが、とても、『食道楽』のように、食物に終始することはできなかった。『食道楽』は、胃と腸との問答から始まり、食べるということの生理や戒めを説きながら、大食漢の人物を登場させてる。そして、巻末には、日用食品の分析表とか、小説中に書いた料理法の索引とか、台所の手帳という空欄のページまで、附いてる。最初から、文学的作品を書く所存は、なかったらしい。

　そして、南京豆の汁粉の料理法が、紹介されるのだが、その中に牛乳を入れるなんて工夫は、どこから仕入れてきたものか。その他、明治三十年代では、まだ普及しなかった豚肉料理の美味と栄養を説き、東坡肉のような中国料理法も、詳細に書いてある。

　著者の態度は、明らかに、啓蒙的であり、従来の食生活の欠陥を補い、新しい材料と新しい味の鼓吹に、努めてる。洋食や中国料理に、力点が置かれたのも、当然だろう。

当時の日本人は、食物の上にも、新文明をとり入れんとする要求が、かなり昂まっていたところへ、この大長編が現われたのだから、ことに女性の読者が、いかに喜んだか、想像にあまる。『食道楽』によって、日本の家庭料理は、相当の影響を受けたろう。恋愛小説と比較して、その効用や如何?

そして、その料理を伝える人は、常に美人で名料理人のお登和さんであり、こんな女房を持ったらと、男性の読者も、垂涎したろう。

大正期に、神田の学生街に、おとわ亭という洋食屋があった。無論、お登和さんの名を用いたのだが、べつにウマい洋食を食わせる店ではなく、ただ、安いのが看板だった。カツレツでも、シチユウでも、八銭ぐらいだった。その頃、三田の学生だった私は、ただ安いがために、神田へ出張して、おとわ亭の料理を飽食したが、『食道楽』の余勢は、まだ、その時まで続いていた、証拠になる。

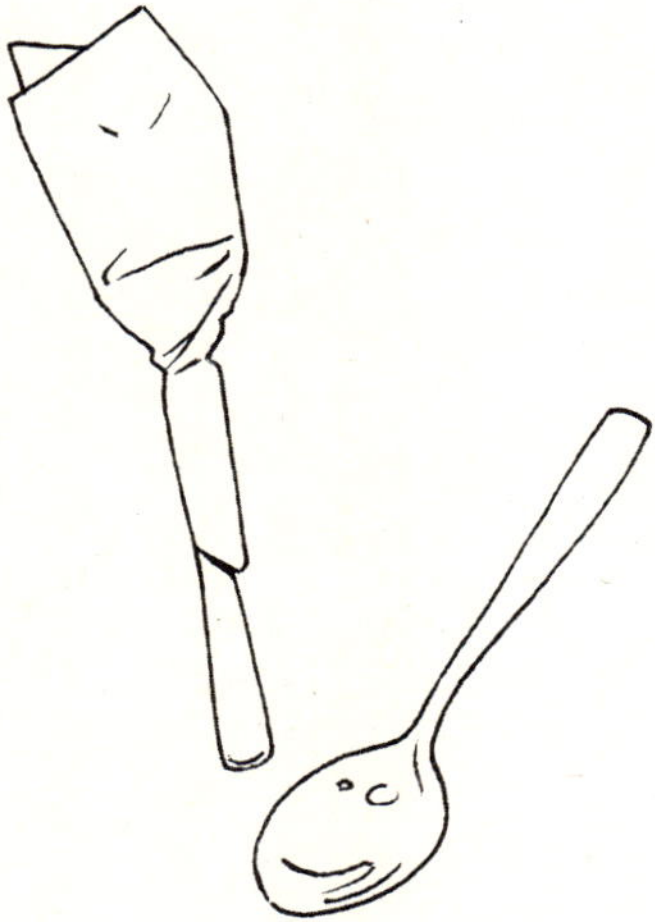

カレー党異聞

神吉拓郎

辛いもの好きというのは、たしかにいる。

しかも、かなりの割合で存在するらしく、私の友人のなかにも、たちどころに何人かを数え上げることが出来る。

そのうちの一人は、最近、不測の事故で死んで終ったが、まだ元気でいた頃、或る朝、その男の家を訪ねると、丁度朝飯の膳に向っているところだった。

「一緒にどうだい」

というが、あいにく、こっちも済ませたばかりなので、お茶を貰《もら》って、その食べっ振りを見物することにした。

なんだか真っ赤なものを飲んでいるので、

「なんだい、そりゃ」

と聞くと、

「おみおつけでやんすよ」

といって、お椀のなかを見せる。

驚いたことに、味噌汁の部分は見えない。表面は、びっしりと唐辛子の赤で覆われていて、まるで、マニラ湾の夕焼けである。

この男とは、よく一緒に仕事をする機会があって、あっちこっち、旅館やホテルで同宿した。考えてみれば、この間に何度となく朝食を共にしているのだから、当然こっちもその辛いもの好きに気がついていい筈なのに、そんなところはまるで見せなかったのである。

旅館の朝の味噌汁は、さぞもの足りなかったろうに、別に註文も出さず、自分の家にいるときだけ心ゆくまで七味唐辛子（いや、一味唐辛子だったか）を楽しんでいたその男は、唐辛子に於けるダンディズムというようなものを、ひそかに持していたのかも知れない。

それだけ大量の唐辛子を使うくせに、彼はそれをいちいちあの竹筒の穴から、振り出すのが好きで、

「こりゃ疲れるよな」

といいながら、嬉しそうに、竹筒を振って、二杯目の味噌汁の上へ、山のように唐辛子を盛り上げるのだった。

唐辛子食いは、まだ別にもいて、江戸時代から伝わっているという煎餅《せんべい》をしこたま買って来ては、私たちに食べさせる。

この煎餅は、見たところ、煎餅の形をした七味唐辛子の塊といってもいい。一枚食べると、口のなかはまず火事のようになり、二枚で汗が出てくる。三枚食べると、当分の間、ものをいう暇がなくなる。ひたすら耐えるという感じになる。

黙って汗をかいていると、その男は嬉しそうに、

「どうです、辛いでしょう」

と、にんまりする。

酒飲みが、酒を飲んで相好を崩すように、辛いもの好きは、辛いものを食べると、やはり相好を崩して、しんから楽しそうである。辛ければ辛いほど嬉しそうだ。辛さのあまり、畳を叩き、身を捩《よじ》り、悲鳴をあげながらも笑っているところを見ると、どうも辛いもの食いに悪人はいないというふうに思いたくなる。

もう一人の唐辛子食いが、極辛《ごくがら》のうまいカレーの店というのを聞き込んで、いそいそと出掛けて行った。

いちばん辛いのを註文して、さて食べ始めると、なるほど、うまいこともうまいし、辛いことも辛い。

ふた口、みくちで玉のような汗が噴き出てきて、あとは夢中になったそうである。それでも、名代の唐辛子食いの看板の手前、なんとか食べ終って、

「うまかったよ、うん」

などと、愛想を振りまいて払いを済ませ、おもてへ出た途端、口のなかが爆発したような気がした。

「いや、とにかく驚いた。口を閉じていられなくてね。舌がどこにさわっても飛び上るほど痛いんだ。仕方がないから、犬みたいに舌を出したまんま……」

そのまま上野から浅草まで歩いて、やっと正気に戻ったら、読みかけの本を、その店に忘れてきたのに気がついたそうである。

「それでも、俺なんかはまだいい方で、勘定を忘れて飛出して行くやつも多いに違いない」

それでは小咄《こばなし》のネタだが、この頃のカレー界は、辛さを競う流行があるらしくて、続々と、日本一辛いカレーを看板にする店があちこちで名乗りをあげているようだ。

なかには、普通の五十倍辛い（どういう基準でその倍率を決めるのかよくわからな

いが……）カレー、超極辛などというのがあって、それを食べた人のほとんどが、顔面蒼白になり、しゃっくり、眩暈《めまい》、耳鳴りなどに見舞われたそうだ。

その店の主人の話では、体調に自信のある方でないと、ということで、そのうちに、健康診断書が必要になるかも知れない。

私の観察では、度を越した辛いもの好きは、概して、のぼせ性で、やや血圧が高く、怒りっぽいタイプということになるのだが、剣呑《けんのん》でもあるし、それ以上の言及は避けることにする。

さて、ウマいカレーを食うにはどうしたらいいか。

それにはふたつの方法があって、ひとつは、いわずと知れた、ウマいと評判の店へ行って食べることであり、もうひとつは、手間ひまかけて自分の家で作ってみることである。これも誰だって思いつくことだ。

どこの家でも、カレーぐらいは作ったことがある筈だが、同時に、もう少しウマく出来るんじゃないかとも思った筈である。

もう少しウマく出来るんじゃないかと考えているうちに突き当るのは、カレー粉の問題である。

なんでも、インドの家庭では、それぞれ好みの香料を配合して、自分のウチだけの味を作るのだなどと読んだり聞いたりすると、やっぱりそれが鍵だったような気がして、カレー粉から自家製にしなければ、と思い込むようになる。

十年ほど前に、そう思い込んで、実は、やってみたことがある。

娘があちこち買い歩いて、十数種の香料を集めてきた。月桂樹とか粒胡椒《こしょう》とか肉桂とか、前からあるやつと合せると、ウチの台所はたちまち薬局のような賑《にぎ》わいを呈した。

粉末になっているのは、なるべく避けて、原形に近い香料ばかりで、ここらあたりはかなり本格的なのである。

これを、擂粉木《すりこぎ》を操って、ぜんぶ粉にし、ブレンドするわけだが、いざ始めてみると、さあ大変。なかでもいちばん手古摺《てこず》ったのは、主力になるターメリックだった。

ターメリックは、和名でいえば鬱金《うこん》、ウコンの風呂敷の、あの鬱金である。カレーの黄色は、このターメリックの色である。姿も性質も、朝鮮人参と田舎たくあんの間に出来た子供のようなものだ。

この両方を知っていればすぐわかることだが、これを粉にするのは、どう考えても難しいのである。恐しく堅い上にしなしなしていて、百年経っても、粉になどなってくれる様子はない。

擂鉢を抱えて、一時間ほど苦闘を続けていると、気が遠くなってきた。擂鉢の上へ顔を突き出していやにのぼせるなと思っていたら、顔が真っ赤である。香料は恐しい。覿面《てきめん》にのぼせ返ってしまったらしい。

二十種近い香料を、小半日かかって粉にして混ぜ合せ終ったら、もうどうでもいいような気がした。

ターメリックに関しては、その後、水に浸して、戻してから使う方法を取った。その方がいくらか楽だった。

さらに本格的なカレーにするためには、ギーという油を使う。山羊だかなんだかから取る油だけれど、これは割愛した。

そのカレーを、大鍋で煮込んでいるときの匂いときたら、まさにインドが引っ越してきたかの如き感があった。家中が三日くらい匂っていた。

それだけ手のかかったカレーだったけれど、食べるのは早いもので、大鍋に一杯あったのが、あっという間に、空になって、あとに残ったのは、どうも大変苦労をしたという思いだけである。

ウマかったかといえば、たしかにウマかったが、あの重労働を考えると、どうも引合わないという気がしてしまう。

とにかく擂鉢と擂粉木で、あれに立ちむかうのは愚で、インドのおかみさんが使うような石の道具で叩き潰すか、薬研《やげん》でも手に入れないことには、という結論に達して、わが家のカレーの本格化プロジェクトは、三四度で沙汰やみになった。

その後、あるところで薬研を見つけて、しばらく悩んだけれど、やっぱり買うのは思い止まった。

梅雨うちから夏場へかけて、自然にカレーを食べることが多くなる。

今年は、もうかなり食べている。

今年の目標、というと、ちょっと大ゲサになるけれど、今、気になるのは、メシである。カレーライスの、ライスがうまい店を見つけたい。

上へかけるカレーに関しては、ウマいといわれる店のは、それぞれ、苦心研究のあとが見える。

問題はメシの方で、昔、外米と呼んだ、粒が細長くて、パラッとしたのがやっぱり合う。

内地米の、炊けば鬼の牙みたいになるようなうまい米は、重くて駄目なのである。

あの細長い外米は、インド型米ともいうそうで、タイ、ビルマ、インドあたりで作られて、昭和三十年頃迄は、まだ輸入されていたが、以後はもう準内地米と呼ばれる日本型のずんぐりした台湾米に取って替られ、それも今ではどうなったかというところらしい。

戦中から戦後にかけて馴染《なじ》んだあの外米には、あまりいい印象は残っていない。独特の匂いがある上に、日本式のメシの炊きかたと合わないらしく、またオカズとも、どうもしっくりといかなかった。

あの外米と縁が切れて、やれやれと思っていたが、その後聞いたところによると、なんでもビルマやタイなどの米も、品質の良いものは、素晴らしくウマいという話なのである。戦中戦後に食わされたのは、どうも極く下級の外米らしいという。

自分でたしかめたわけではないから、なんともいえないが、もしそうならば、戦後三十有余年を記念して、あらためてウマい外米を試食して、今迄の誤れる外米観を払《ふっ》拭《しょく》してしまいたいものだ。

インド大使館などは、大々的にインド・フェアを催して、木彫の屏風《びょうぶ》や木綿のシャツや更紗《さらさ》を売る以外に、飛び切りのインド米に、本格的インド・カレーをかけて食べさせたら、食い意地の張った日本人から、あらためて多大の尊敬と友情をかち得ることが出来そうである。

だいたい、食いものから入る、というのは国交を深める最良の方法で、たとえばわれわれがフランスに寄せる親愛の情の三分の一くらいは、あの芳醇《ほうじゅん》なるワインとチーズによるもので、もう三分の一は、ミレイユ・バランやダリュウから始まって、カトリーヌ・ドヌーブやミレイユ・ダルクなどに到るいい女のせいだろう。

カレー好きでは、英国人もかなりのものだが、その親しみかたの深さでは、日本人にはとても及ぶべくもない。新婚の妻が出来る唯一の料理がカレーなどという国は、本家と日本以外には、ちょっとありそうにない。


野に遺賢あり、という言葉は、カレーにも適用出来そうなふしがあって、カレーは、ピンもいいが、キリも馬鹿にならない。

喫茶店や、蕎麦屋でも、かなりカレーをウマく食わせるうちがあって、それはそれで、またウマい。

カレー・パンもまた意外なところにウマいのがあって、つい最近、これはいけるぞと思ったカレー・パンの出どこを聞いたら石神井のそばの小さなパン屋の製品だった。

キリの方の店で食うのは、やはりポーク・カレーがいい。

分厚な皿の、縁の線が剝《は》げかかったやつに、じかにカレーのかかったの。それに、メリケン粉のルウをたっぷり使ってあるけれど、ふしぎに匂いはいい。こういうカレーに出っ喰した時の、おや、というときめきは、カレー独特のものかも知れない。

福神漬けが、たっぷりと添えてあって、メシの端が紅く染まっているのも懐かしい。色も味も、店ごとに違うが、畢竟《ひっきょう》、カレーは、安値こそよけれという気もする。ひたすら啖《くら》い、水をぐいと呑み干し、噴き出る汗を拭って店を出ると、おもては目もくらむ炎天。

カレーをうまく食う為に欠かせない条件がもうひとつあった。体力である。

米の味・カレーの味

阿川弘之

洋食の席で葡萄酒《ぶどうしゅ》を註文すると、ソムリエがコルクの栓を抜き、主人役のグラスに少量ついで、試飲を求める。硝子器《ガラス》の中の美しい色した液体を、ころがすようにしながら、香りと味と、軽く試みて、

「結構です。どうぞ皆さんの方へ」

あの気どったお作法の少くとも半分は、私の場合、嘘《うそ》である。齢《とし》とって嗅覚《きゅうかく》が怪しくなっているのに、葡萄酒の香気の佳《よ》し悪《あ》しをきちんと言えるわけが無い。

もう一つ、聴覚の方も、老来ずいぶん怪しくなって来た。女房と娘が台所で何か面白そうに話し合っているから、

「墨烏賊《すみいか》がどうしたって？」

口をはさんだら、

「烏賊の話なんかしてません。スニーカー、運動靴。夏祭の派手な浴衣《ゆかた》姿で電車に乗って来た若い女の人の足もと、ふと見ると、スニーカーはいてるんですもの。世の中どうなっちゃったのかと思って」

その「世の中」が「最中《もなか》」に聞える。「汚職事件」の前後が聞き取れなくて「お食事券」と間違える。一々例を挙げればきりが無いけれど、「未《ま》だ九時前じゃない」「又栗饅頭《くりまんじゆう》だ」、「三分の一の値段」「サンドイッチの値段」、「エドワード・ケネディ」「江戸川の鰻《うなぎ》」——。

伺ってると、全部食うことの方へ聞き違えておられるようですねと言われた。鼻と耳が駄目になりかけているとしても、それは、依然味に関心がある証拠ですよ、老年の味覚について書き残してみる気はありませんかと、其処《そこ》から此《こ》の連載の話が具体化した。

では、何を最初の話題として吾《わ》が食べ物随筆を始めるか。

米。

何者かにそう言われているような気がする。古代日本の、国つくりの基《もとい》となった穀物が米である。豊葦原《とよあしはら》の瑞穂《みずほ》の国とは、要するにみずみずしい稲の豊かに実る国土という意味だろう。西欧のサラリーは語源が塩、イタリア語のsale、英語ならsalt、俸給を塩で支払ったローマ時代の風習の名残だそうだが、日本の武士はそれを米で受け取った。生活のすべてが米を基準にしていた。身分の上下も、資産の総額も年俸も、皆石高《こくだか》を以て示した幕藩体制の瓦解《がかい》から百三十年、人々の米を大切に思う気持は未だ消え去っていない。私どもの少青年期には、「主食」「代用食」「副食物」という言葉があって、「代用食」とはパンや麺《めん》類のこと、霜ふりの牛肉が並んでいようと鮪《まぐろ》のとろが出ていようと、それは「主食」の米に対する「副食物」に過ぎなかった。

戦争に負けて、アメリカの影響を強く受けて、大分様子が変ったけれど、私どもがいつか、米への此の執着を捨てる日が来るとは思えない。第一、日本の米は旨《うま》いのである。昭和四十年代の初め、新聞社の週刊誌が「親米か反米か」の特集をしたことがあった。一見どぎつい標題だが、実体は米の飯を好きか否《いな》かのアンケート調査で、健康上その他の理由による反米論者もいた。しかし、圧倒的に多かったのは、やはり親米派だったと記憶する。私も親米側の一人、朝昼はともかく、米飯抜きの夕食はいやだ。食事の真似事《まねごと》をして一日が終ったような気がする。

実際、日本のごはんは、アジア米作地帯、何処《どこ》の国の米の飯と較べても、格段に結構なものだと思う。「食は広州に在り」の著者、稀代《きたい》の食いしん坊の邱永漢《きゅうえいかん》さんが、ふっくら炊《た》き上げた日本の米の白いめし、あれはあれだけで立派な料理、他にちょっと類例の無い美味だと、昔何かに書いていた。

ヨーロッパの古い国々では、これが理解されにくいらしい。同じく昔の話だが、ウィーン在住の音楽家Tさんに、不服を聞かされたことがある。独り暮しのTさんが、日本から届いた米を炊いているのを、下宿の婆《ばあ》さんがのぞきに来て、「何故《なぜ》何も入れずに炊くのか。それをそのまま食べたのでは栄養にならない」と、しきりに言う。「日本人の好みなんです」、説明しても納得せず、ちょっと眼を離したすきに、鍋《なべ》の中へオリーブ油を入れられて、折角楽しみの貴重な米飯を台無しにされてしまったと。

アメリカへは戦後、敗者の側から、米を中心とする伝統食文化の逆流現象が見られる。豆腐、醬油《しょうゆ》と共に、鮨《すし》やおにぎりや「steamed rice」が、年々、健康食品としても、広い層の人々に好まれるようになった。今、日本米に匹敵する良質の米の生産国は、東南アジア各地よりむしろアメリカではないか。四十二年前、中部カリフォルニアの国府田《こうだ》農場を見学に行った日のことを思い出す。米の文化の興隆気運が、当時すでに窺えた。

二世の国府田若夫人が、赤いキャデラックで畦道《あぜみち》案内してくれるのにも驚いたが、広漠たる水田の上空、小型機がしきりに飛び交っていて、そのうちの二機は、絶えず

急降下急上昇を繰返すのを不審に思い、

「何ですか、あれ？」

曲技飛行の練習でもしているのかと思って尋ねたら、

「案山子《かかし》の代りなんです。播《ま》いたばかりの稲を、鴨《かも》が来てすぐほじくるから、ああやって飛行機で追い立ててるんです」

田植えを兼ねた大量一斉種まきも、むろん小型飛行機、刈取りはハーヴェスターという機械、脱穀も工場内の機械、日本の農家の稲作とは全くちがう巨大事業であった。ずいぶん粗雑なやり方と思われるかも知れないが、創業者国府田老一世の、品種改良の努力が実って、「国府田国宝米」と称するすぐれた銘柄が出来上っていた。トレード・マークが三種の神器の此の米は、その後全米で有名になり、厖大《ぼうだい》な生産量が需要に追いつかないのか、普通のスーパーマーケットでは中々手に入らなかった時期がある。

加州米《かしゅうまい》にせよ庄内米にせよ、あったかい白いごはんがあったら、大抵の日本人は、特に海外旅行中は、それで一応満足だろう。「副食物」は海苔《のり》の佃煮《つくだに》、ふりかけ、納豆、沢庵《たくあん》、かつぶしと醬油、その程度で充分おいしく一食すませられる。

先祖代々、これだけ思い入れの深い、骨がらみの米の飯を、食ってはいけないと定めた学校が、明治初年、日本に在った。のちの北海道帝国大学、当時の札幌農学校、寮規則に「生徒は米飯を食すべからず」と記されていたということを、最近「トレードピア」のエッセイで教えられた。

日商岩井発行の「トレードピア」は、ちっとも宣伝臭の無い企業PR誌で、面白い記事が多くて、月々愛読しているのだが、偶〻《たまたま》今年の新年号に、戸矢学《とやまなぶ》という筆者が、此の史実を詳しく紹介していた。もっとも、戸矢さんのエッセイのメインテーマは「カレーライス」で、札幌農学校寮規則「生徒は米飯を食すべからず」に「らいすかれいはこの限りにあらず」と但し書《ただしがき》がついていたという話である。

アメリカはマサチューセッツの州立農科大学からやって来た教育家ウィリアム・クラークが、日本人欧化の使命感に燃えていて、それが明治政府の脱亜入欧方針とうまく合致し、米ばかり食っているようでは駄目だと、こんな規則が作られたのであろう。その際、英国伝来のインド料理、カレーと米飯なら、まあ半ば西洋食だからと、一点だけ目こぼしにあずかったのであろう。維新後九年目の農学校生徒たち、但し書を見てさぞや胸撫《な》で下したでしょうねえ。私なら退学したくなる。こんにち日本全国津々浦々までカレーライスの瞠目《どうもく》すべき普及ぶりは、淵源《えんげん》が此のへんにあったのかと思う。

戸矢学氏の記事で、もう一つ興味を惹《ひ》かれたのが、スパイスについての分析である。カレーに使われる香辛料は、少くて十五種類、多ければ二十種類三十種類、辛くてくさくて到底日本人の口に合いそうもない物が、何故口に合ったか。実はカレー用の主だったスパイスに、私ども千何百年来、漢方薬としての意識せざる親しみを持っていたのだと。

その対比表を書き写すと、ターメリックが漢方の止血薬鬱金《うこん》、クローブは丁字《ちょうじ》、フェンネル茴香《ういきょう》、シナモン桂皮《けいひ》、ナツメグの肉豆蔻《にくずく》とカルダモンの小豆蔻《しょうずく》は共に健胃剤、オレンジ・ピール陳皮、クミンが馬芹《まきん》でキャラウェイが姫茴香。

「ターメリック」や「フェンネル」「ナツメグ」「カルダモン」を手元の広辞苑（初期の版）で探しても出ていないが、「うこん」「ういきょう」「にくずく」「しょうずく」で検索すれば、姫茴香以外全部出て来る。馬芹は「うまぜり」として出て来る。

これを、大好きな米とまぜて食う洋風汁かけごはん「らいすかれい」は、札幌農学校の生徒ばかりでなく、開国日本の学を志す青年たちに広く愛好されただろう。やがて陸海軍の兵食にも採用される。ただし、昭和十六年の対米開戦後、敵性国語廃止の主唱者陸軍は、此の兵食の英語みたいな呼称に困惑し、「辛味入り汁かけ飯」と改めさせたというエピソードが残っている。戦争末期には、それすら食えなくなった。肉の入ったカレーライスなぞ夢の又夢、白米の、いわゆる銀飯《ぎんめし》だけでいいから、一度腹一杯食べさせてもらったら何時《いつ》死んでも構わない、私どもも世代の多くは、かつて其処《そこ》まで思いつめた飢餓感を味わった。

それから半世紀経《た》って、物資は豊富、空の貨物便は容易に利用出来る現在、外交官や商社員や、海外在勤の日本人に接すると、彼らが依然、日本の米と日本語の書物に対し、強い渇望《かつぼう》を抱いているのを感じる。

某国駐在の日本大使は、公邸にインド人の料理人を置いていた。ある日、昼に日本からの客が来るのだが、やっぱりみんな米を食いたいだろう、昼だからあまり時間かけずに出来る何か軽い物をとの要望で、大使夫人がそのコックにカレーを作ることを命じた。それが中々出て来ない。ヨーロッパ風のランチならいつもすぐ上手に拵《こしら》える料理人が何をしているのかと、しびれを切らせて見に行ったら、各種野菜の切り刻んだのや、色んな香料の磨《す》りつぶしたのや、台所中ちらかっていて、「本場のインドで、カレーはそう簡単に作れる料理ではありません」と言われ、自分たち平素馴染《なじ》みのカレーライスは、米の飯を手早くおいしく食う為に、日本人が百年かけて創案改良工夫をこらした一種のインスタント食品、和製洋食だと、あらためて思い知らされたそうである。

日本航空や全日空の国際線も、帰りの便では米飯を希望する乗客が格段に多くなるらしい。それならいっそ、機内食をビーフ・カレーに統一してしまえば、肉が食えて米の飯が食えて、正式のディナーめかした厄介な手間も省けるし、喜ばれるのではないかと、ヨーロッパ線の、若者たちが大勢乗る便で実行してみたら、意外なことに西洋人の乗客から「くさい」と苦情が続出し、控えざるを得なくなったと聞いている。インド航空マレーシア航空タイ航空はどう対処しているのか、とにかく全員揃《そろ》ってごはんにカレーという光景は、欧米人の眼に（鼻に？）やはり相当異様なものと映じるのであろう。

私の知るべで米飯に殆《ほとん》ど興味の無かったのは、志賀直哉《なおや》先生、「毎日パンと西洋料理でも、僕は一向に構わないがネ。何日食わなくたって、特に米を食いたいとは思わない」

食べ物の話になると、よくそう言われた。先生が若い頃師と仰いだ内村鑑三《かんぞう》は、十七歳で札幌農学校へ入り、クラーク博士の深い感化を受けている。「米飯食すべからず」の教えは、キリストの教えと共に、鑑三に伝わり残り、もしかして鑑三の弟子の小説家にまで影響が及んだのかと不思議に思うけれど、いずれにせよ、その又弟子の四代目は、米に関する限り、農学校の伝統を尊重する気が全く無い。

即席カレーくらべ

吉本隆明

いまはなかなかに華やかな分野になっているが、以前は食品化学というと化学の分野でもいちばんみそっかすの感じだった。食品にどうして化学が必要なのかというのは、農業になぜ化学が必要なのかという問いとおなじになる。食品の味、香り、成分混合、着色料や調味料などの添加や成分割合など、目分量で職人さんが何世代もかかって工夫して、それぞれの味や栄養を作りだしてきたのだが、これも確かな成分割合や最適の香りや味加減を作りだすには化学的な処理法がだんだん場所を占めてくる。染料や顔料や塗料、それから人間の身体にたいする塗料である化粧品の化学についてもおなじことがいえる。これらは目分量でことが済むとおもわれている時代から現在の華やかな高度な分野に変遷してきた経緯があるので、化学の分野のうちでも、どんぶり勘定で混ればいいじゃないかという旧い職人わざを払底できない非科学的なところがあるというので、侮られる傾向があった。だが現在では高度な技術がいる分野で、需要もおおく、軽化学ではいちばん発達して高度な分野になっている。

だがそうは言うものの、かつて太古には人間は自然に成長した木の実や魚や生きものを食べていた時代があったように、どうしても味や香りや色の良し悪しを、目分量で作りだす原始的なやり方をひきずっている。ここが食品のいちばん難しいところだ。栄養科学や味覚や香りの化学からいえば小量で栄養素を多量に盛りこんだ丸薬みたいなものを作り、味や香りの最適な要因を織りこんで簡単に口に入るようにした航空食や宇宙食が食品の未来のようにおもえる。

しかし食べるという欲望や行為には、原始以来の習性や精神の飢えを充たす必要が失われることが払底できるはずがないから、そこでは適度な量の多さ、栄養より食品の固さや腹ごたえのよさの要求も失われるはずがない。食べものは原始的な味や自然のままに近い外観があったほうがいいという要請もなくなることはないだろう。このかんがえからは栄養、味、香りなどを織りこんだ丸薬のようなものは、山登りとか探検とかスポーツなど備蓄薬みたいな役割のほかは役立たないことになってしまう。

こんなことが気になるのは、食品の味が複雑になり、美味の追求の方向が複雑な味を作り出す傾向になってゆくとき、じぶんのなかでも単純で、天然の味を保存したもののほうがいいのではないかという思いがブレーキをかけているのを感じて、ほんとはどちらの傾向がいいのか一義的に結論できない気がしてくる。

こんどじぶんのなかにあるこの食べる味の欲望の二律背反の傾向を試してみたくなった。それには素材はカレーかカツ丼の具しかないとおもった。子どものときからの憧れで、じぶんでも味がほんとは味覚だけの感覚なのか、あるいはじっさいの味覚に過去のさまざまな思い入れや味の記憶の痕跡が加わっているのか決められない。それがこの種の味についての二律背反をもたらすのではなかろうか。こんなことに定まりがつけたくて、すこしわざとらしい気もしたが、試してみたことがある。

巣鴨駅の近くのスーパーに買い物に行ったついでにアルミパックに入った即席カレーをできるだけ買いあつめてきた。沸騰したお湯に入れて五分くらい加熱すると、すぐに御飯にかけるとカレーライスが食べられる便利なものだ。どこの何というカレーパックが美味しいか試すほどの気負いはなかったが、ここでいう原始的な味と複雑な味とにどう分れるか試してみたかったのだ。大きな鍋にお湯をいっぱい入れて沸かし、そのなかに買ってきた即席カレーのパックを全部つっこんで三分ほど煮て、そのまま一パックずつお皿にあけて、片っぱしから呑みこんでみた。味がわからなくなると、コップの水をのんでまたはじめるようにした。

その結果は頭のなかで想像してたようには二律背反にならなかった。程度の差はあるものの、みな複雑な高度な味の方向にむいている。子どものころ母親が父親に気兼ねしながら作ってくれた、薄力の小麦粉にカレー粉を混ぜ、大きく切ったジャガ芋、タマネギ、人参と脂味のおおい豚肉を入れて適当な濃さのカレー汁の方向はかえりみられてないことがわかる。

商品名	備考	製造元
カレー曜日	中辛（甘い）	ヱスビー食品
○ククレカレー	中辛（正統昔味に近い）	ハウス食品
シーフードカレー	中辛（薄い、生臭い感じ）	マルハ
○加喱工房	中辛（正統味に近い）	ハウス食品
インド風カリー	辛口（アブラ浮く）	ヱスビー食品
カレー上手	中辛（甘ったるい）	ハウス食品
○味わいカレー（和風）	（淡い）	大塚食品
チーズカレー	中辛（チーズ味薄くその他、酸っぱい）	ブルドック・ソース

ディナーカレー——甘口——ヱスビー食品
ビーフ・アンド・フォン・ド・ボー——中辛——ヱスビー食品

ざっとこんな味の感想をもった。製品の製造年月日が古いもの、成分の混合があまりよくないものは、味が素材のままに浮いてしまっている。

おおざっぱな言い方をすると、どれもこれも味は工夫してあるために複雑なものになっている。そして似たり寄ったりの味で、これは絶品だというものはなかった。複雑な味つけは微妙な味覚の変化を見越すからだろうが、それにつれて香辛の輪廓はあいまいになるため、一様に甘ったるい、ぼやけた辛さになっている。

具はすべて小さく、なかには角切りにしてあるのもあった。これではほとんど子どものころからの味も見掛けもぶち壊しなような気がした。

表のなかでは、○印をつけた即席カレーが比較的わたしなどの思い込みの味を保存しているとおもった。全体に淡い味わいで正統派風の「味わいカレー（和風）」、「ククレカレー」、「加哩工房」の三つがおすすめ品ということになる。

なにが正統なカレーの味なのかと問われたらちょっと答えようがない。子どものころからの味の記憶や思い込みがのこっていると感じられるものを正統味ということにした。べつに正統でも何でもないのだろうが、カレー味はこの味を一旦離れたら限りなく多様で複雑になってゆくよりほかない。その原型がのこっているものを正統味と呼ぶことにした。

わたしの総体的な感想をいえば、いま売りに出ているような即席カレーや固形カレーだったら、とくに食べたいという気はしないような気になる。味覚にも故郷があるとすれば、いまの複雑ではあるが甘ったるく輪廓が失われたようなカレー味は、食べるひとに即席の便利さを与えるかもしれないが、同時に味覚の心理を凝縮せずに拡散してしまうから、思い入れや思い込みを促す契機をすっとばしてしまう。幻味というのはないかもしれないが、味覚にイメージはつきまとう。

複雑な味というのは、そのひとが現在まで味わってきた食品の味が、イメージとしてたくさん重なっている味のことだとおもう。そしてその食品の固有の味が複雑さの陰でわからなくなったとき、その味は拡散してしまうように感じるにちがいない。これは文明の進化とかんがえても、食体験の多様さとかんがえてもいいのだろうが、いつでも原型的であるものにたいしては矛盾をはらんでもいる気がする。

ヘンリー・ミラーだったとおもうが、アメリカの文明批判のなかで、アメリカ人は赤犬の肉で缶詰をつくるために、食事は駅の立ち喰いで済まして忙がしく働いている。

かれらはじぶんの食事を貧しくするために働いているので、こんな文明は本末転倒だと罵倒の大ナタを振っている文章があった。

日本国も味を不味くするために食品の加工を複雑にしていると言われるようになっていく気がする。

味覚の革命とは何か？

大阪「自由軒」のカレー

東海林さだお

テレビやガイドブックでしばしば紹介され、誰もが、

「どんな味なのか」

と思い、

「一度食べてみたい」

と思っている名物料理は数多くある。

東京は日本橋の「玉ひで」の親子丼。池袋は「大勝軒」のラーメン。浅草の「美家古寿司」の、仕事のしてある寿司。そして、大阪は「自由軒」の名物カレーなどなど。

「自由軒」のカレーは、カレーソースとライスが、店側によってすでに混ぜられていることで有名だ。

それからもう一つ、「夫婦善哉《めおとぜんざい》」という小説で有名な作家織田作之助が、この〝す

で混ぜカレー〟を愛好していたということでも名を知られている。

「自由軒」の〝すで混ぜカレー〟とはどんなものなのか。

つい先だって、ついに「自由軒」を訪れる機会を得た。

「自由軒」は予想していたより大きな店だった。特別の店ではなく、近所の人が〝ふだん使い〟にしている店だった。「いつも来ている客」が、「いつも食べてる顔」で名物カレーを食べていた。

そしてですね、このカレーを、店側が堂々と「名物カレー」という名でメニューに載せているんですね。

ふつう、こういう言葉って、外部の人が、ある種の尊敬を込めて使うような気がするのだが、ま、わかりやすくて話が早い、という点ではいいかもしれない。

というのは、この店は、この「名物カレー」のほかに、混ぜてない「別カレー」と、「ドライカレー」「エビカレー」「野菜カレー」などがあるわけです。だから客は、照れることなく「名物カレー!」と注文し、店側も照れることなく堂々とそれに応じる。

ところがですね、注文を受けたオバチャンは、厨房には「インディアンカレー一丁」と伝えるわけです。

なんだかよくわからないが、これでうまくいっているのだから外部の者が文句をつける筋合いのものではない。

「名物カレー」を注文した客には、青い線が横に二本入ったコップでおひやが渡される。

この店はカレーのほかに、トンカツとか、ハイシライス（ハヤシ）とか、オムライスもある。エビフライも定食も串かつもあるから、この二本の線で、「名物カレー」の客と、その他の注文の客を見分ける目印にしているのだ。

しかし青い線は、一本だけで十分な目印になると思うのだが、これまたこれでうまくいっているのだから、外部の者がとやかく言う問題ではない。

やってきました「名物カレー」が。

白いお皿の上に、こげ茶色のカレーがドライカレー風に丸くまとめてあって、そのまん中をくぼませて生卵が落としてある。

「卵の上からソースをかけると、味がまろやかになっておいしですよ」

とオバチャンが、おいしいのい抜きでアドバイスしてくれる。

卓上のウスターソースをかけ、生卵といっしょにグチャグチャと混ぜる。

しかし、よく考えてみれば、〝カレーとライスが店側の手によって混ぜてあって手っ取り早い〟ということで名物になったのだから、いっそのこと生卵も混ぜて出したほうがいいのではないか。しかし、これまたこれでうまくいっているのだ。

では一口いってみましょう。

いきなりツンと鼻をつくのはカレー粉そのものの香りだ。口の中でピリリと辛いのはカレー粉そのものの味だ。

ライスは硬めで、ときどき歯に当たるのは大豆粒大の肉で、ときどきシャリシャリと音を立てるのは、ほとんど生の玉ネギのみじん切りだ。

「名物カレー」の作り方はこうだ。

①牛肉と玉ネギを炒め、カレー粉と特製のルーを加える。

②ライスを入れよく炒め、水気が飛んでドライカレー状になったらできあがり。

この店のメニューにある「別カレー」は、どこにでもあるスタイルのカレーだ。皿の上にライスが盛ってあって、その横にドロリとしたカレーがかけてある。「名物カレー」は、その両者を単に混ぜたものではない。色もちがうまったく別のカレーなのである。

そして、ここでは福神漬のたぐいを出さない。ふつうのカレーの食べ方は、ライスとカレーを自らの手で少しずつスプーンで混ぜ、程よく混ざったところですくって口に入れ、それを嚙みながら次の一口のためのカレーとライスの混合を行い、そしてときどき福神漬をスプーンの先で追いつめてすくいあげ、ポリポリと味わう、というようなことになるのだが、「名物カレー」は、混ぜ混ぜの部分がない。

ポリポリの部分がない。

ただひたすらスプーンですくって口に運ぶだけだ。単調といえば単調だが、勝負が早いといえば早い。客にも店にも大阪特有のいらち（せっかち）の気味がある。

四十席ほどの店内の客に、オバチャン三人で対応している。

オバチャンは、お揃いの紺のエプロンをしているが、ブラウスは自前だ。（大阪のオバチャンだからブラウスはハデでっせ）

客が店内に入ったとたん、オバチャンの一人が飛んでいって、客がまだすわらないうちに注文を訊く。

客は中腰のまま「名物カレー」と言い、尻がイスについたときにはもう青線入りのコップが到着している。

客の食べ方も早く、最後の一口はモグモグしたまま立ちあがってお勘定に向かう。

「自由軒」の「名物カレー」は、大阪のいらちが生んだカレー、と言えるのかもしれない。

アルプスの臨界現象カレー

藤原新也

時折り思い立ったようにカレーが食べたくなることがある。あれは香辛料のせいなのかもしれない。私はひそかにある種の香辛料は潜伏期間の緩慢な中毒性があると思っているのだ。

で、この中毒症状が出てくると、夢遊病者のように東京の町を徘徊する。そんな時はカレーの香辛料に対する嗅覚が妙に敏感になっていて、百メートル先の店先から漂ってくるカレーの匂いにも気づく。

しかしそんな体《てい》でカレー屋に迷いこみ、いくたび落胆の憂き目に遭ったことか。二十代の頃から計算すると、私のインド滞在期間は延べおよそ六、七年に及ぶ。その間に仮に一日二食のカレーを食べたとしても大体四、五千食は本場のカレーを食べていることになる。これはある種の災難と言えなくもない。よほどのカレーでない限り、旨い！　とは感じなくなってしまっているのである。

ところが七年前のことだが、ひょんなことからあるあなどり難いカレーに出会った。それも東京や大阪といった都市部ではなく、長野の中央アルプスの麓《ふもと》にある小さな町においてである。

私は長野県の駒ヶ根市に所用があり、当地でしばしば食事をとってきた。だが内陸の山の方にはソバやホウトウといったもの以外は概して食事の方面では特質がない。そんな状態で食べることに難儀していた頃、ある人から最近この辺にカレーの店が出来たらしいので行ってみませんかという誘いを受けた。このような山のなかで旨いカレーがあるはずもなかろうと、最初は乗り気がしなかったのだが、まぁ食に変化をつける程度という風に考えなおし、行ってみることにした。

ところがである。この客の誰もいない閑散とした店のテーブルに載ったいくつかのカレーを口にした瞬間、その一品一品の出来栄えに自分の舌を疑った。

決して本場のカレーに似せようとしているわけではない。しかしそこにはある独自の個性を持ったまろやかで丁寧な底味が一品一品に染みこんでいるのである。そして満たされた食卓がいつもそうであるように、食が進むごとに世間の雑事雑念を忘れ、味覚三昧の小宇宙に浸っていく幸福感を覚えつつあった。そしてやがて、これもまたあの食後の放心に甘くテンダーな潤いを与えてくれるインディアンミルクティーを戴いた後の、ちょっとシナモンの香りの漂うため息のなかで、ふと尋常ならざる疑問が頭をもたげてくる。

それは、なぜこのような辺鄙《へんぴ》な場所で東京でもありつけないような優秀なカレーが作られているのかということである。私はコックさんに会いたいと頼んだ。

といってもその〈アンシャンテ〉という開店間もない店にはウエイトレスとコックの二人しか存在していなくて、それもお二人がご夫婦であることがのちに知れることになる。名前を小笠原さんという。三十代半ばというところであろうか。会いたいと申し出た時、ひょっとしたらホーリーネームなんかをちらつかせて食の薀蓄《うんちく》など傾けるような輩《やから》が出て来はすまいか、とひそかに警戒していたが（山にこもった自称ソバ打ち名人というのに、よくこの手の人間がいて人を困らせる）じつに平凡な名前であり、笑顔にも屈託がなく、夫婦とも「善良」を絵に描いたような人と見受けられる。

この点においてこの人たちは私の考える良き食の作り手のセオリーからちょっと外れている。善良というのは気持ちの良いことには違いない。しかしそれだけでは優れた職人にはなれない。これは私の家が旅館をやっていた関係で幾多の板前を観察した結果から得た印象なのだが、庖丁を持つ優れた職人にはどこか殺気あるいは遊び人風な雰囲気が漂っているものである。その意味では彼は異風と言わねばならない。

彼の経歴を知ってまた首をひねる。

小笠原さんは二十代の頃、青年海外協力隊の一員としてバングラデシュにエンジニアリングを教えに行ったのだという。そんな機械油が体に染みこんでいるような人の作ったカレーなど普通なら食べたいとは思わないし、作れるはずがないと思う。そんな彼が帰国後、今の奥さんと結婚し、もともと奥さんがやっていた喫茶店をそのままカレー屋にしてしまった。したがって店にもカレー屋の雰囲気がない。おまけにこんなところになぜ喫茶店があったのかと思うほど店は町から離れた辺鄙な場所にある。しかもご主人は腕には「自信がない」とのたまう。なんとか食べていければとこわごわ商売をはじめてみたんです、という。一体これでなぜ天下一品のカレーが生まれたのか、それを裏打ちする材料がまるでないのである。職務質問をするにつれ正体不明となるのだ。

ところが料理作りの談義になってから私は彼がとんでもないことを当たり前のことのようにやっているのを知り、とつぜん彼の料理の極意を知ってしまうこととなる。

「タマネギのみじん切りを鍋のなかで十時間くらい炒めるんですが……」

「おいおい、ちょっと待ってくれ」と私は口をはさむ。カレーのベースがタマネギであることは誰でも知っている。みじん切りがこんがりとキツネ色になるまで二時間も炒めればテレビで安売りするところの「巨匠」になることができるご時世である。十時間というのは戦後の忙しい日本人の間尺に合わない時間なのだ。つまりそれは日本の時間の観念とはまるで異なるインドやバングラデシュで通用する考え方に他ならない。いやインドなどにおいても、最近はたかがタマネギを炒めるのに人生の貴重な一日を費やすことなど前近代的だと新聞ネタになる時代である。聞くところによると彼は電気もないようなバングラデシュの辺境を長年巡回していたという。

それで合点が行ったのだが、どうやら小笠原さんは無謀にもバングラデシュの辺境時間をそのまま日本に持ちこんでいるということなのではあるまいか。

ところで、と私はさらに詰め寄る。一体タマネギというものを十時間も炒めることは可能なのだろうか、と。

「何度泣いたかしれません」

と奥さんは言う。タマネギというのはとろ火で限界ぎりぎりまで炒めると絶妙な旨みが出るのだそうである。「じゃあ、嬉し泣きですね」「いや、どん底に突き落とされるんです」。さらに訳がわからなくなって問いただすと、その限界ぎりぎりというそこには魔ものが潜んでいるようなのである。そういった「魔境」に踏みこんだ日本人というのもあまりいないであろうから、ひとつ聞かせてもらおう。

「ほんの一瞬タイミングを外しただけで、とつぜん真っ黒に焦げてしまうんです」

それは臨界現象というやつだな、と心のなかでひそかにつぶやく。いわばゼロ度になった水が何かの小さな振動で突然凍結する氷点のようなものであろう。タマネギの焦点か、なるほど……。

その焦げる臨界というのは十秒とか十五秒くらいで突然やってくるという。じゃあ、火の止め所をどうして知るのかと問うと、主人はうめくように言う。

「ウーン、やっぱり結局、勘しかないですね……」

さて、話はそれから七年のちの現在に移る。

小笠原さんの「タマネギ十時間炒め」は今も延々と続いている。あれから味は変わっていないばかりか進化も見える。しかし辺鄙な場所にあるのと、商売がまるっきし下手なおかげで客はあまり増えていない。何とか成り立っている程度だ。

そこで私は先日訪れた時、一計を案じた。

このままでは山のなかの貴重なカレーは世に知られないまま消滅しかねないので、世の中の人に少しでも多く食べてもらうために、通信販売のようなことをやりなさい、と進言したのである。それからほどなく小笠原さんは貯金をはたいてえらく高価な真空パックの機械を買った。

ただそのようなことをしてもなにせ十時間炒めであるから、作る量に限界のあることはわかっている。しかしまあ、小笠原さんのカレー、ほどほどに採算が合い、長く続けられるだけでも、それはそれでいいのではないかと私は思うのである。

洋食屋さんのキングだ

山本一力

洋食屋さん。

還暦から一年も過ぎようというのに、いまだこの言葉を書くだけで胸躍る。

団塊の世代には、洋食という語は「開けゴマ」の呪文に等しい。この語を唱えられると「もうどうにでも好きにして」なのだ。

社会人になったあとも洋食屋さんに出くわすと、どこであろうが、なんどきであろうが、大いに胸をときめかせた。

わたしは高卒の十八から四十九まで、三十一年の間、勤め人を続けた。サラリーマンが大半だが、数年は自営業だったこともある。どちらの身分でも変わりのないのが、昼飯は外食だったことだ。

給料取りのときも自営のときも、従事した職種は営業がほとんどである。長らく携わった広告宣伝業界では、なかなか素直には営業と言わない。やれＡＥだ、ＣＥだ、プランナーだのプロデューサーだのと、わたしの名刺の肩書はまことに種類豊かだった。

どの職種にあっても共通していたのは、自分で仕事を獲得するため、明けても暮れても売り込みに汗を流したということだ。

つまりは営業マンである。

余談だが、自分は生涯かけての営業マンだと確信している。

いまは物書きだが、この仕事こそ営業マンの最たるものだ。

作者にとっての得意先は出版社、エンドユーザーはもちろん読者諸兄姉だ。

作者は小説という商品を出版社にプレゼンテーションする。

プレゼンが通れば本になる。

広告営業時代、クライアント（発注企業）に企画が採用されれば、カタログ制作の発注を受けた。販促キャンペーンの仕事も舞い込んだ。

結果はすぐに出た。消費者にカタログやキャンペーンの訴えが届けば、商品が売れた。商品が売れればクライアントから次の注文ももらえた。

物書きもまったく同じだ。ゆえにわたしは生涯かけて営業マンを続ける。

話を戻そう。

広告営業時代のわたしは都内全域は当然のこと、関東・東海、ときに関西へまでも顧客を求めて売り込み活動をした。

その過程で、無数の昼飯食堂と出会ってきた。

定食の一膳飯屋さん。中華料理屋さん。蕎麦屋さん。そして洋食屋さん。

これが我が昼飯四天王だった。

昼飯はすこぶる大事である。お気に入りの店に行きたいがために、その店の周辺企業に売り込みをかけたことは数知れずある。なかでも洋食屋さんの名店に出会えたときの喜びは大きかった。

いまでも何店もの『絶品の店』を都内に抱え持っている。といっても、その店の味と絶品献立を知っているというだけだが。

思い返してみると、極上洋食屋さんには共通項があることに気づいた。

(その一) 白いのれん

江戸時代の一膳飯屋や鮨屋は、白いのれんが主流だった。通りがかりの客は、白いのれんに近寄って見詰めた。

もしも醬油のシミや手垢《てあか》がついていれば、知らない店でも入った。

客は店を出るなり、のれんで指を拭った。白いのれんが汚れているのは、その店の繁盛のあかしとされた。

当節はもちろん、のれんで指を拭う者はいないだろう。が、洋食屋さんの我が名店リストには、白いのれんが多い。

（その二）屋号が和名

前項の白いのれんに、和名の屋号が書かれていたら、わたしは迷わず入る。

（その三）家族経営・一族経営

料理番は親父さんや息子。ときにカミさんまで。客あしらいは娘もしくは息子の嫁さん。ときにその両方。

客を受け持つ女性の身なりは、三角巾をかぶり、白いエプロン姿。

前記三項目に加えて、もしも『実用洋食』の表記が屋号の手前になされていたら。たとえ他所《よそ》で昼食を済ませたあとでも、もう一度入る。そして店内の壁に貼られた献立から、軽そうな一品を頼む。

味に間違いがあろうはずがない。それを確かめたうえ、翌日、今度はたっぷりと昼飯を満喫しに出向く。

これら三項目に合致する店なら、いまだ外れをひいたことはない。

このたびの『七福』は、たまたま店の前を自転車で通りかかったのが出会いだった。我が家の長男がまだ保育園児だったから、ざっと十二〜十三年前になる。

白いのれんと、和名の屋号。しかも嬉しいことに『実用洋食七福』とあった。

こんなところにあったとは‼

その道を走ったラッキーを噛みしめつつ、店に入った。客あしらいの女性を見て、なにもまだ食べてもいないのに、ここは極上だと強く強く感じた。

初の店でわたしが注文するのはカレーライス、チキンライス、コロッケ定食のいずれかだ。これらが美味い店は、なにを食っても美味い。

これは我が三十余年の外食経験則だ。

そのときはカレーライスを注文した。

美味いとは分かっていたが、様子見に軽くジャブを放った次第である。

「うちのは昔風ですが、いいですか？」

鋭いカウンターパンチを食らった。

昔風のカレー、大いに結構。ぜひ食べたいと、出来上がりを待ちかねた。

運ばれてきたのは、まさに願った通りのカレーだった。

まず、見た目の色味に魅せられた。

なんとも懐かしき、黄色いカレーなのだ。

しかもカレーがデコボコしている。ジャガイモやニンジンが、切られた形そのままだ。肉も同じである。

食材の形が失せるまで、たっぷり煮込んだカレーもいいだろう。

あれこれスパイスがたっぷり加わって、チョコレート色をしたカレーも味わい深いかもしれない。

しかし、おいらが食いたいのは、デコボコした黄色いカレーだ。そのカレーに福神漬けを添えて、コップの水を友として食べたい。

七福はその願いをかなえてくれた。

しかも見事な味で。

その日以来、七福通いが始まった。

当時のわたしは、まだ無名の物書き。客あしらいを受け持つ娘さんの子と、うちの長男が同じ年だと分かり、カミさんと娘さんは親しく口をきくことになった。

が、わたしは時代小説書きだと口にしたことはなかった。まだひとに言っても、相手にされなかったし。

そんな間柄で、三年以上も通っていた。こちらの素性が知れたのは、直木賞に届いたときだった。テレビのニュースで知るなり、七福さんは小学校仲間に問い合わせて我が家の住所を知り、祝いの花を届けてくれた。

その出来事をきっかけに、店に通う頻度が上がった。

うかつにも知らなかったことを、直木賞受賞後にお客さんの注文内容から教わった。七福には『半』という技があったのだ。

カレーとチキンライスを同時に食べたいとしよう。そんなときは『半』が力を貸してくれる。

カレーでもチキンライスでも、カツ丼ももやしそばも、その他多くの献立にも半は通用する。

特筆すべきは、半なのに充分一人前の顔つきをしているということだ。

たとえば半オムライス。

運ばれてきた献立を見た客が、これでハーフサイズなのかと驚くこと、請け合いである。

オムライスは、ハーフでもきちんとオムライスの形をしている。付け合わせのキャベツや福神漬けも載っている。

よくよく見ていただきたい。

他店なら、これで一人前で通用するに違いない。そのほかの、どの『半』にもこれは共通している。

洋食屋さんならではの献立には、ランチもある。わけても屋号を冠した『○○ランチ』は、いわばその店のフラッグシップ献立だろう。

七福には『七福ランチ』がある。

彩りにも味覚にも富んだ数々の品が、皿からこぼれ出るほどに盛られている。この七福ランチをおかずとして、半カレーを賞味するときの満足感の深いこと。

壁いっぱいに、数多くの献立が貼られている。通い始めてすでに久しいが、いまだ口にしたことのないメニューが幾つもある。

今度こそぜひと思いながら、ついつい半カレーとランチを頼んでしまうのだが。

これだけは特筆しておきたい。

七福の餃子、もやしそば、トンカツはどれも絶品であることを。

そうだ、ワンタンもいいしポークソテーも美味。気まぐれに出るポテトコロッケに出会ったときは、迷わずご注文を。

早い話、この店はなにを食っても外れはないということだ。

明日もおいらは行くぞ。

カツカレーの春

五木寛之

食いものの話を書く。

二、三日前に柳川へいった。白秋の郷里の柳川である。

旧立花家ゆかりの〈お花〉という宿に泊めてもらった。広い庭に鴨がたくさんいて、鳴き声がうるさいくらいだった。

鴨を見ると不愉快になる。往年の自分を思いだすからである。麻雀をやっていて、生島治郎あたりに、

「お前さんはまだカモの域にまでは達していない。いうなればアヒルだ。うぬぼれちゃいかん」

などと馬鹿にされた時代もあったのだ。今はもうアヒルではない。堂々たる一人前のカモである。誰にも文句は言わせない。

その鴨が夕食に出た。柔かくて、あっさりした肉だった。メカジャだの、クッゾコだの、有明海でとれる不思議な魚介類もいろいろ出た。

だが、その辺は私の守備範囲ではない。前にも書いたように、私は食いものの旨いまずいはわからない人間だ。したがって〈お花〉の見事な夕食について、あれこれ書く資格はないのである。私の本領はもっと別なところにあるのであって、例えばメロンパンについての関心と見識なら、わが国の作家で私の右に出るかたはおられないはずだ。その私がちょっと感心したのが〈壹番館〉のカツカレーであった。

〈壹番館〉といっても、テーラーの〈壹番館〉ではない。柳川の〈お花〉の隣にある一種軽便なレストランである。

表は民芸風だが、内部は必ずしもそうではない。カウンターの中で頬っぺの赤い少女が、〈私鉄沿線〉などを口ずさんでいたりするような、明るい店だ。

ここで食べたカツカレーは、最近出色のものであった。

考えてみると、カツカレーとは妙な料理ではある。だが私は昔からこれが好きだった。カツのシャリッとしたコロモの上にカレーがとろりとかかって、やや柔かくなりかけたその一瞬が食べごろである。

カツは揚げたてで熱くなければならない。カレーの汁が濃すぎてもいけない。そして何よりも大切なのは、カツの肉が厚すぎてはならぬということである。肉の厚さ幾ミリぞ。これはすべからく当節の人情くらいに薄いほうがいいのだ。厚くて、たっぷりしたカツでは、カレーの味が中までしみ通らないうらみがある。〈壹番館〉のカツカレーは、たしかに揚げたてのカツであった。その薄さも絶妙である。これは決して皮肉ではない。本当に手頃の厚さなのだ。カレーの味もいい。量も適当である。すなわち各種の条件が間然するところなく合致して、大変結構な味であった。五百円札一枚でおつりがくるのも申し分ない。私は大いに満足して〈壹番館〉を辞した。折しも煙るがごとき小雨に桃花も点々とほころんで、廃市の春はカレーの余香と共にいよいよ深まってゆくのである。

鮨屋でシャコをガレージなどと言ったりする。こういうのは排気ガスで汚れてるみたいで、ぜんぜん食う気がしない。

先日、天ぷら屋へ行ったら、壁に〈まる十〉という札がかかっていた。

「まる十ってなんだい」

と、きいたら、

「サツマイモですよ」

と、したり顔の返事がかえってきた。なるほど。丸に十の字の帆が見える、か。サツマイモは鹿児島で、鹿児島は島津で、島津は○に十の紋で、というわけらしい。面倒なわりには面白くもくそもない洒落だ。

前にどこかの水たきの店で、

「お茶ください」

と、いったら、

「はいよ、次郎長一丁！」

と、威勢のいい声がかかった。私はお茶は八女《やめ》茶が一番だと思っている。静岡だけがお茶の産地ではないのに、と不思議な気がした。

ところで、まる十の話にもどるが、私は九州にいたころ、朝昼晩とサツマイモを食ってすごしていた時代があった。九州ではサツマイモとは言わない。カライモ、またはトイモと言う。トイモは唐芋の訛《なま》ったものだろう。したがって私は芋に関しても一家言を有していると常日頃ひそかに自負していたものだ。それが、まるに十の字でおどされたのでは腹にすえかねる。

一週間ほどして、またその天ぷら屋へ行った。べつに味が気に入ったから行ったわけではない。

カウンターに坐って、いくつか食べたあと、壁の品書きをちらと一べつし、物慣れた口調で私は言った。

「まる五をください」

「まる五、ですか?」

と、若い衆が妙な顔をするのに、

「そうか。まる五は、まだこの辺にははいってないかもしれないね」

すると、店の主人みたいな人物が、

「すみません。まる十ならありますけど」

と、本当にそう言ったのだ。私は恐縮して、まる十を沢山揚げてもらって食べて帰った。あの店のご主人はいい人だったにちがいない。

ふかふかマンジュウというのを、ご存知だろうか。

白くて、やわらかで、どことなくはかなげな趣きのあるマンジュウである。

私の住んでいる私鉄沿線の街でも、これを店頭でふかして売っている。

べつに歴史も由緒もない、ありきたりのマンジュウだ。昔は安かったが、今では一個四十円もする。ほんのりと人工甘味料の味がして、独特の匂いもある。

土曜の夜、商店街の映画館へ行く。家から歩いて五分かそこいらの近さである。土曜日深夜興行で、時には三本立て、四本立てのこともある。

先日、〈宵待草〉と〈あばよダチ公〉と〈炎の肖像〉の三本を見て、ふかふかマンジュウを二つ買い、凍てついた坂道を熱いマンジュウをかじりながら帰った。公園の樹々をすかして、星がびっくりするほどよく見えた。風が強いと京浜工業地帯の空も、すっきりするのである。

学生の頃、中央線沿線に高円寺平和という映画館があって、よく夜中に西武鷺宮から歩いたことを思いだした。その頃、ふかふかマンジュウはたしか五円だったような気がする。

芥子飯

内田百閒

生まれ合はせが悪くて子供の時から年を取るまでいい目を見ずに終はる人も多いのだから、その日に食べる物がなかつたと云ふ話などは、別に珍らしい事でもないであらう。東京の様な都会に住んで、お金がなくなればその内に御飯も食べられなくなるのは当り前である。しかしその当り前の事が自分の身の上にめぐつて来た時、これは世間に有り勝ちの事であると考へてはゐられない。特に私の様に親のお蔭で立派な学校を卒業した後、人の羨やむ地位を得て人並み以上の月給を貰つてゐる途中に蹉跌しておなかがへる様になつたのは、全く自分の不徳の致すところであると天道様におわびをしなければならない。

小石川の駕籠町の電車通を電車線路に沿つて歩いて行つたのは、帰りに電車に乗るつもりだつたのである。お金が十銭しかなかつたから、行きがけに乗れば帰りを歩かなければならない。苦しい事を先にすませて後をらくにすると云ふ位の分別は私にもあつた。

交叉点の近くまで来ると、線路を隔てた向う側にあるカフエーの前に、「自慢ライスカレー十銭」と書いた大きな立看板が出てゐる。それを見て歩いてゐる内に、むらむらと食ひ気が湧き起こつて、考へて見ればライスカレーと云ふものを随分暫らく食べない。上野の三橋亭のは三十銭で、烏森の有楽軒のは八十銭で、隠豪屋のはライスカレーだけがいくらにつくか知らないが、どれもこれもうまかつた。さう云へば一体近頃は西洋料理を食つた事がない。砂利場の奥に隠れて人とのつき合ひをしないので、宴会に呼ばれる事もなく、自分でさう云ふ所へ晩飯を食ひに出かけるなどと云ふ事はもとより思ひもよらない。纏まつた御馳走を食ふ様な機会は今の場合当分ありさうもないが、ライスカレーを食へばいくらか西洋料理の様な気持がするであらう。それにしても一人前十銭とは安くもあるし自慢だと云ふ以上うまいに違ひない。またその内いつか来て食べよう、とそんな事を考へ込んで、ぶらぶら富士前の方へ歩いて行つた。

田端で用事をすまして、市電の停留場まで出る間に、すつかり腹がへつた。昼飛びなので腹がへるのは当り前であり、今のところそれも止むを得ない。しかし帰りの電車に乗らない事にすれば、途中で六銭の蕎麦を食ふ事が出来る。十銭みんな使つてしまふ気になれば、さつきのライスカレーだつて食へる。どうしようか、どうしようかと考へながら歩いてゐる内に、停留場を一つ通り越してしまつた。

到頭また駕籠町まで歩いて来て、思ひ切つてそのカフエーに這入つて行くと、薄暗い奥からけばけばした女が二人出て来て、左右から私を押す様にした。成る可く知らん顔をして、

「ライスカレーをくれ」と云ふと、一人がすぐそれを通しに行つた後で、も一人の方は私の横の椅子に腰かけて、「いいお天気ですわね、お暑いでせう。麦酒でも持つてまゐりませうか」と云つた。

秋晴れの往来を歩いて来たので、咽喉が乾いてゐる。給仕女にさう云ふ事を云はれるのは迷惑であつた。

「いらない。水をくれ」と云つて、私は六づかしい顔をして見せた。

「あら、召し上がりませんの」と云つてゐるところへ、さつきの女が戻つて来て、

「只今すぐ。お麦酒お持ちしませうか」と云つて私の顔を見た。

十銭しかないのだとことわる必要もない。私の人品がそんな風に見えないのは止むを得ない。怒つた様な顔をして、黙つて一ところを見つめてゐたら、女達もだまつてしまつた。

昔学生の時分に、小石川掃除町の裏に汚い洋食屋があつて、当時は一般にまだ洋食が高かつたが、その店のライスカレーは十銭であつた。同学の太宰施門君と時時食ひに行つて、その店をカフエー・マンヂヤンと愛称した。その頃は町の洋食屋に変な給仕女なんかゐなかつたから、落ちついてライスカレーを食ふ事が出来たけれど、かう二人の女が左右から人の手許をじろじろ見てゐるのでは、食つてゐる間も安心出来ないであらう。早くあつちへ行つてしまはないかなと考へてゐる内に、註文のライスカレーが出来た。

一匙二匙食ふ内に、女のゐる事なんか気にならない程いい気持になつた。ふうふう云ひながら、額に汗をにじませて、匙を動かした。すると女達は起ち上がつて、二人共、すうと向うへ行つてしまつた。その後姿を見送つてやれやれと思つてお皿の中を見ると、もう残りは少い。矢つ張り食つた様な気がしなかつたと思つた。十銭玉をぱちりと卓子の上において、外に出てから、これから歩く道のりを考へたらうんざりした。

子供の頃のカレー

中島らも

「まずぅいカレーが食べたい」

と思うことがある。子供の頃、よく店屋物で食べたような珍妙なカレー。

僕は国鉄の立花駅の近くで生まれて育った。今でこそあのあたりも賑やかだけれど、僕の小さい頃には飲食店というと駅前に喫茶店が一軒あるきりだった。「喫茶・おばちゃん」というのである。名前もおかしいのだが、もっとおかしいのは店名の横に「コーヒ・うどん」と大書してあるところだった。今ではほとんど見ないけれど、昔はこういうわけのわからない喫茶店がけっこうたくさんあった。中には「珈琲・中華・テキ・洋酒」などという無節操な奴もあり、「大衆喫茶」という看板がドーンとかかげられたりしていた。

当時は、外食したり出前をとったりというのはたいへんゼイタクなことだった。たまに母親が風邪で寝込んだというようなときだけ、家のものはシブシブ店屋物を取ってくれるのだった。ところが出前を取るといっても、なんせ近所に一軒しかないのだから必然的に「喫茶・おばちゃん」に電話することになる。注文するものもカレーライスかうどん類くらいに限られてくる。そしてそのカレーがまたなかなかに凄絶な代物なのだった。

まず第一に「甘い」。おそらく「おばちゃん」は田舎の出身だったのだと思う。今でも地方の冠婚葬祭などに行くとやたらに甘い、お菓子みたいな料理が出てきて閉口することがある。貴重品である砂糖をふんだんにオゴることが田舎のご馳走の第一条件なのだ。で、「おばちゃん」も、カレーの作り方はアヤフヤながら、えい、甘くしちゃえば何とか格好つくわい、ということで甘くしたのだろう。もちろん、本場のカレーでもマンゴチャツネなどを多用してかなり甘口のものもある。ただ、「おばちゃん」のカレーの異常な甘さは、明らかにそんなものではなかったし、砂糖の甘さでさえなかった。あれはサッカリンかズルチンの甘さだった。

第二にそのカレーはカタクリ粉でトロミがつけてあった。小麦粉のトロミではなく、ましてや煮崩れたイモのそれでもない。あのモッチリとした異様な粘りはカタクリ粉のものだった。

第三に、ベースとなるスープの「うま味」がうどんのダシであった。と、ここまで書けば想像がつくように、それは子供心にも鼻を鳴らしたくなるほどの「まずぅいカレー」だった。ただ、たまにありつく店屋物の物珍しさが手伝って、僕はそれを大喜びで食べたものだ。いわば「まずさがおいしかった」のだろう。

今ではもうああいう店もないだろうし、ああいうカレーも絶滅してしまったろう。そう思うと何か自分が遠い目付きをしているように感じることがあるのだ。

ライスカレー

滝田ゆう

えっ？　カレー？　好きだね。だから外歩いていて、急になんか食べたくなったとき、ぼくは大抵、カレーライスとか、安直なスパゲッティーのある小店を探すわけ。フォークとナイフを使って食べるやつは駄目なんだ。カレーライスと言うと、この頃はいろんな種類があって、本場仕込みの印度カレーとか、スリランカ風とかね。辛さにおいては何通りもあるなんてとこの若い経営者は、同時に自分もシェフを気取って、長い帽子なんかかぶっていて、そういうのは大抵今のヤングたちも生やしているような、同じパターンの髭《ひげ》生やしてんのね。

そんでもって、なんかこう葉っ端かなんかはらはらってばらまいたりして、ン？

あ、そう。月桂樹っていうのね。

ぼくはなんとなくドジっぽいカレーが食べたいわけ。そういうのは、よくそば屋に行くと皿のふちに点々とそのカレーがくっついていても「へい。お待ちぃー」かなんか言って、テーブルの上にガチャンッと放り投げるように置いてっちゃうの。そういうとこのおやじつうのはみんな無愛想な顔してる。だからついあわてて「ハハッ」なんてお辞儀しちゃったりするの。でも、味はべつにいい加減でもないのね。うん。そ、そ、それから……などと結構カレー観（？）を披瀝するテレビの番組に出たことがあったが、よく考えてみると、そんなことどうでもよかったような気がする。

それにしても、ぼくはカレーが好きである。

ま、ぼくに限らずカレーは大抵誰でも好きだと思う。

そりゃ多少の苦手意識というものもあって、カレーうどんはいけるが、カレー丼はなぜか相性がわるいという人もいる。

あるいは、ひたすら袋詰めのカレーにこだわりつづける人もおり、かと思えば、なにやら天井がすかすかしたカレーパンのあの一種独特のズッコケ気味のホロ苦さを、ひとり青春の証しとする人もいたりして……。

そういえば、ぼくもいっときカツカレーに凝っていた時期があり、行く先々であれこれ試みたものだったが、カレーの味もさることながら、カツはやっぱり揚げ立てにかぎるようだ。カレーはあつあつだが、カツが冷んやりしていては話にならない。

近来、こいつはうまいと感じたのは、早稲田の学生街に近い、とある大衆食堂で試みたものだが、カツはまさに揚げ立てのきつね色であり、しかも前歯だけでも容易に食べられる、ほどのよいポークカツレツ。これにカレーもどろりと赤茶色ときて、まずは大いに満足したものである。だが、残念なことに、次に行ったら三、四階建てのマンションになってしまっていた。ああ、やっぱりビル化の波に押し流されたのか、普通、一階にもとの店が頑張っているはずなのに……。ま、なにごとも御時勢。あれこれその店構えにまで文句をつけたところではじまるまい。

だが、自分の好みからすれば、平凡なカレーライスまたはライスカレー。まずは、その色、辛味、香り……の三拍子揃ったことになろう。つまり場末の大衆食堂の殆ど片栗粉の利いたテカテカのライスカレー（カレーライスかライスカレーか、今はそんなことどっちでもよろしい）であろうと、超高層ホテルのルームサービスに出て来る、牛肉ゴロゴロのビーフカレーであろうと、ぼくはべつになんらの隔りも持たない。

とはいえ、さすがホテルのルームサービスとなれば、さすが大都会ならではの貫禄に彩《いろど》られ、これについては、思わず再度傍らの控えの伝票に眼を落したりするわけで……。
ハハハ。要は匙一本がカレーの身上。カレーのカレーたるところの親しみはここにあるのかも知れない。

しかし、カレーで思い出すのが、あれはたしか昭和二十八、九年あたりだったと思うが、（いや、お古い話で恐縮）ぼくは初めてドライカレーなるものに出会った。メニューによれば、それはトルコライスとあり、中央に生タマゴがポトンと乗っているところが一見豪華に思えた。しかし、金百五十円也は当時の物価指数からすると、ぼくには分不相応なカレーであった。にも拘《かかわ》らず、ぼくは結構その店に通ったものだった。だが、その店はカレーの専門店ではなく、今は跡形もないが、有楽町の寿司屋横丁の入口を入ったすぐ傍にあった「A」というコーヒーの店であった。
ハハハ。寿司屋横丁のコーヒー店のカレーライス。おもしろい。おもしろい。え？ちっともおもしろくない？　あ、それもそうスね。よォーく考えれば……。

その他、歌舞伎座前のチキンカレー。値段は同じく金百五十円だが、ここは小ぢんまりした、いわば、町の洋食屋といった趣だがカレーの他にアイスクリームとコーヒーがついている。むかしの先輩が言うには、当時はそれがカレーライスの常識だったそうであるが、思えば、変な取り合わせでもある……。

かつて、とある大ホテルの料理長に、本人自身の好きな食べものを伺ったことがあるが、本人曰く……。

「好きなのはカレーライスね。それのちょいとまずいやつ……」

なにやら一瞬理解に苦しむが、そのちょっとまずいというところに、なにやらうんちくがあっておもしろい。おもしろくない？　いや、おもしろいよ！　おもしろいって言い給えよ。これは専門家の言った言葉ですぞ。

ムググ。こりゃむしろものすごい眼力だ。

されば、その色合いは、大体において、妙に明るいレモンイエロー。これも片栗粉の入り具合いでテカテカのテカときて、その一面に覆われた、その上にはグリンピースが二粒三粒。中には皿の端にもう一粒転がり落ちてたりしてからに、肉の多い少ないはさておいて、いまだ原形をとどめる玉ネギ、ジャガイモ。

ああ、日本人のカレーライスここにあり。

悪魔のライスカレー

小泉武夫

肉屋かスーパーマーケットに行って煮込み用のモツ、腸《ひも》、レバー、軟骨《コリ》、心臓《ハツ》を買ってくる。それを人参、玉ねぎ、スライスした多量のニンニクとともに、多めの油で一度鍋で炒める。これにうま味調味料（化学調味料）と塩で味つけしたりして、ほどよく炒め上がったら、それに具がかぶるぐらいの湯を加えて沸騰するまで強火にしてから、あとはトロ火にして二、三時間、時々、水を補いながら煮込む。それに適量のカレールウを加え、さらにニンニクの微塵《みじん》切りをできるだけ多めにまいて出来上がり。

＊

夏目漱石の『三四郎』に、一皿六〇銭で登場するハイカラな料理がライスカレーであった。日本には明治の初期から入ってきたが老若男女全ての人気に支えられ、大正時代にはすでに大衆料理店の常連メニューとして普及していた。今では、全国民的食べ物になり頻繁につくられる家庭料理の第一位であり、子供たちが最も好む学校給食の一つである。

ライスカレーが正しいとか、いやカレーライスのほうが正解だとかいった平和な論争に決着がつかないのもよろしい。要は炊いた飯《めし》にカレーをかけて、「ハーハー」言って食べるものであって、決してパンやヌードルにかけて食べはしないのだから。そのパンやヌードルを食っている民族を粉食民族といい、日本人のように御飯粒《つぶ》を食っている民族を粒食民族というが、カレーはまさにこの粒食民族のためにのみ発明されたものであると都合よく考えれば、先ほどの論争はそれで終了になるはずだ。

さてこの「悪魔のライスカレー」はなぜ悪魔なのか。その理由の一つは、とてつもなく高カロリーだという点だ。煮込み用の臓器、とりわけ腸《ヒモ》のようなものからは流れるほどの脂肪が出てくる。小川のように流れ出してくる。カレールウからも油が出てくる。こってりしたトロトロの油がやってくる。これではもう、尋常でないほどの高カロリーになってしまっているのだ。これをパクパク食べる。うますぎるから腹いっぱい食う。肥る。悩む。やはり悪魔だ。

第二は、このカレーはニンニクのまき方次第で、食べたあとの口臭が仰天するほどすごい。これを食って電車にでも乗ると、周りが散りはじめる。誰も、側に近寄らない。孤独になる。

やはり悪魔だ。

十九世紀末の西欧に、「悪魔主義」(satanism または diabolism) というのが流行した。好んで醜悪、頽廃、恐怖などの中に美を見出そうとするもので、その代表がポー、ボードレール、ワイルドであることぐらいは、ちょっとした奴なら知っている。

このカレーは、その主義の復活版なのだと大げさに考えながら、心ゆくまでこの悪魔のカレーライスを毎日毎日食べてみよう。そうすると、貴方はきっと肥えに肥え続けて肥満になる。そこだ。その肥満の中に美を見出しなさい。それが悪魔主義の実践なのですぞ。

カレーの恥辱

町田　康

先日。渋谷の劇場のロビーで煙草を吸っていたところ、永らく会わなかった友人の画家と偶然出会い、わー、きゃー、久しぶりぃ、元気ぃ？　などとはしゃいでいたら開演のベルが鳴り、じゃ後で、って別れ、各々買った席で芝居を見たる後、再度ロビーに集結、じゃ久しぶりだから飯でも、って仕儀に相成って、それぞれに連れが居たものだから、男四名女四名総員八名がタクシーに分乗して西麻布のチャイニーズ料理店に繰り込み、四方山《よもやま》話に花を咲かせたときのことである。

なぜか料理の話になって、私の連れが、私はカレー料理をしばしば拵える、という意味の発言をしたのを受けて、しかしながら、と、私は言った。

「カレー料理には大いなる難点がひとつある」隣の女性が、そはなんぞ、と尋ね、私は以下のような意味の発言をした。

「カレー料理といえども料理である。であるからには拵えるにあたって材料を調達せんければならぬが、ではカレー料理の材料はなんだ。その通り、カレー粉、畜肉、玉葱その他である。私はここに大いなる難点を感じるのである。なんとなれば、これらの材料をスーパーマーケットで購入した場合、レジスターでお会計をする際、担当の店員にカレーを拵える、ということが見破られてしまう。そこが大いなる難点なのである」

発言した私に隣の女性が、えー。なにいってんの？　ぜんぜん分かーんないー、というので、私が、

「つまり、そのレジの人に、なんだこいつカレー食うのか、はは、と思われるのが恥ずかしい、っていうか」とさらに説明したところ、それまで、やりとりを聞いていた友人の画家が、

「そうだよ。そんなのあたりまえだよ。だから僕はカレーを作る場合は、スーパーマーケットでは絶対買い物をしない。個人商店で買い物をする」と断定的な発言をして議論は紛糾、最終的な決を採ったところ、男はほぼ全員が、レジの人にカレーを作ると知られるのが恥ずかしい、といい、女は全員が、そんなのどうでもいい。そういう感情は理解できない、ということになり、つまりこの恥ずかしさは男の病である、と

いう結論にいたって、それからこの話題は立ち消えになったのだけれども、この恥ずかしさの本然はいったいなんであろうか。

ははは、カレーか。と笑われ、馬鹿馬鹿しい、片腹痛いわ、と侮られるという恐怖は、しかし実体のない恐怖であって、なぜならレジスターの係の人は大変忙しい場合が多く、いちいち誰が何を買ったなどということを意識していないからである。そんなことは我々だって分かっている。しかしなおかつ、そう思ってしまうというのだから、考えてみればこれは徹頭徹尾、自分自身の問題なのであって、まあ、一言でいってしまえば、自意識過剰、なんてなことになるのであるが、いま少し詳細に、このカレーの恥ずかしさの心の動きを探っていくと、結局のところは、余人の前でいい恰好をしたい、という一点から発生した問題であるといえ、いい恰好、というのも、何を以てして、いい恰好、とするかというのは、個人差があり難しいが、この場合において共通しているのは、食べ物、ひいては自らの欲望に対する姿勢といえる。つまり、食べるものなんてどうでもいい。そんなものは日常の些事《さじ》じゃないか。自分はそんなことはどうでもよく、もっと高邁なことを日々考えているのだ、という姿勢を余人に見せたい、というより自分でそう思いこみたい、したがって食事に関しても、なに？　カレー？　うん。食べるよ。ん？　なに？　もり蕎麦に変更になった？　けっこうけっこう。食べるよ、という具合に行きたいのだけれども、実際は違う。高邁なことなど何も考えておらず、カレー食いてぇ、と、カレーのことばかり考えているのであり、しかもそこいらの料理店のカレー、或いはボンカレー、などでは納得できず、自ら厨房に立ち、玉葱などをこちこち刻んでこれを自作したいとまで考えているのであって、その執念は餓鬼に等しいのである。

そしてこのギャップを埋めるために、あ。こんなところにカレーの粉が。はは。カレーなどはけっして作らんが、もののついで、試しに一つ買っとくか。なんて念の入った、誰も見ていない田舎芝居を演じ、内心は恥ずかしさで狂いそうになっている、というのが、このカレー材料購入時においてある種の人達が抱く感情の動きであるといえる。

このような心の動きは、ときに、婚礼と葬儀を同時同所にて開催するような悲惨と滑稽を同時に生むことがあるが、というとやはり思い浮かぶのは太宰治の小説である。

太宰治の小説の通奏低音である悲惨滑稽、或いは、滑稽悲惨は、この様な恥ずかしさから発せられ、そして、恥ずかしさと様々の現実が格闘することによって生じたエネルギーが爆裂したものであり、清水次郎長伝で、森の石松が都鳥三兄弟に大金を貸し、無邪気にも返して貰えると信じていたのを小松村の七五郎に、「あいつら恥を知らねぇ奴等だぜ」と言われ、大いに驚き、「えっ？　あいつら恥を知らねぇのか」というところがあるが、浪花節ほど素朴ではは当然ないにしても、太宰治がいまなお読まれているということは、近々に滅亡するのではないか、と思われるこの国において将来をどう生きるかという、ひとつの筋肉的示唆であるとも思われる。

ビルマのカレー

古山高麗雄

多民族国家というわけではないのに、私たちの国ぐらい、世界各国の料理が氾濫している国はない。いろいろな民族がいて、それぞれが自分の民族の料理を求め、その結果各国の料理があるというのではない。日本人が、渡り歩いて、食っているのである。そういう日本人を客にして、都市には、各国のレストランが店を構え、それだけではなく、異国の料理が家庭にまで入りこんでいるのが、私たちの国である。

ただし、家庭に入りこんでいる異国の料理は、スーパー仕込みのものが多い。カレーライスは、コロッケやカツレツなどと同じように、外から入って来たものであるが、スーパーマーケットが簇生《そうせい》し、食品会社が多量に安値に作ることのできる、カレーの素を売り出して、今の日本人が口にするものは、おふくろの味、妻の味ではなく、スーパーの味になって来ている。

日本人というのは、何でもござれ、の民族である。伝統的なものを大事にしている人がいないわけではない。けれども、そういう人たちも、結構、珍し物好き、新し物好きであったりする。ラーメンをすすりながら、日本のそばの講釈をする。懐石料理に凝って、器にまで、配慮するかと思えば、カツ丼を考案する。

何でもござれで、巧みに日本化する。カツ丼もカレーライスも、今や日本の食品といってよい。

なつかしさで食べるもの

日本とフランスと中国が、世界の三大料理国だと私は思っているが、わが国がフランスや中国と異なるところは、日本式カレーライスを創ったり、カレー南蛮そばなどを創って流布させたりするところではないか。蛇であれ、海燕の巣であれ、何でも食材にして、美味を創りだすことでは、中国はたいしたものである。フランス人の美味探求もたいしたものだ。それだけに料理の技術も進んでいる。だが、それが誇りであるからだろう、中国人やフランス人は、食物に関しては、保守的である。

中国やフランスでは、自国流からはみ出すものは、日本のようには広がって行かないのである。ところがわが国では、自国流は自国流としてあり、そのほかにも強い流れができて、共存する。その奔放で自在なものが、日本流の食生活だともいえる。

その国から来ている人たちのため、というより、日本人のために、都会に世界各国のレストランが揃い、世界中の料理が容易に食える日本のような国は、他にはないのではないだろうか。しかも、結構、上等の外国料理が揃っている。この外国料理の広がりは、戦前はまだ、今のように賑かではなかった。戦争中はもちろん、食材などなく、やって行けなくなった飲食店は少なくなかったが、それ以前も、今に較べると寥々《りょうりょう》たるものであった。レストランの数も少なく、食品の種類も少なかった。それで間に合っていたわけで、今のようにギョウザ屋だの、韓国式焼肉屋などが、方々にある国ではなかった。ギョウザ屋や韓国式焼肉屋の殷賑《いんしん》は、敗戦で満州（今の中国東北地区）から引き揚げてきた人たちや、在日と呼ばれる韓国人・朝鮮人がもたらしたのであって、ギョウザなど、今はデパートの食料品売場やスーパーマーケットに行けば、いくらでも売っている。冷凍のものもある。あちこちに店もある。けれども、戦前の東京には、私の知る限りでは、神田のすずらん通りに、小さな店が一軒あっただけである。

戦前の東京にも、メキシコ料理店や、タイ料理店や、インド料理店などというのが、どこかにあったのだろうか。

カレーライスは、そば屋のメニューにあり、新宿中村屋のインドカリーというのを、私たちは奮発して、ときどき食べに行ったものであった。中村屋では、カレーでなく、カリーといっていた。インドカリーといっても、日本人向きに、中村屋が創りだしたカレーであるかもわからない。値段は忘れたが、もちろん、そば屋のカレーライスよりはずっと上等で値段も高かったのだろうが、学生の私でも食べに行ける程度のものだったのである。あのころの食べ物の値段は、もうたいてい忘れているが、不二家のランチが五十銭で、喫茶店のコーヒーが二十銭であったことを、なぜか憶えている。中村屋のカリーは、不二家のランチより高かったと思う。一円か一円二十銭か、もしかしたら一円五十銭だったかもしれないが、辛いチキンカレーであった。旨かった。あのころの一円は、今の二千円か、二千五百円ぐらいに相当するのではないか。二千円のカレーは、旨くなければ食いには行かない。

私は、朝鮮の、満州との境の新義州という町で育って、旧制の中学を卒業した後、東京に出て来たのだが、新義州にも、そば屋のカレー級のカレーはあった。

家庭の献立にカレーがあったという記憶はない。私の父は開業医で、入院の患者をとっていた。私の家には中国人のコックがいて、そのコックさんが、私の生家の食事も、入院患者の食事も、看護婦さんたちの食事も、すべて作っていたのだったが、家の食事でカレーライスを食った記憶がない。新義州では、そば屋から、受験勉強の夜食だといって、出前をとったことを、おぼろげに憶えている。

ざるそばをとってもらったことがある。夜食は、ざるそばかカレーライスであった。東京に出て来て、何回か、そば屋のカレーを食ったが、新義州のカレーは黒い色をしていて、東京のそば屋のカレーは、黄色いカレーであった。どっちも辛くない。あの黄色くて辛くないカレーをときどき食いたくなると誰だったかが書いていたのを読んだことがある。生卵をまぶして、ソースをかけて食うと、旨いのだ、と書いていたが、なに、旨いよりなつかしいのである。

私たちは、味よりなつかしさで、食い物を思い出している。旨いカレーなどといっても、高が知れている。中村屋のインドカリーを旨かったといっても、その旨さとは、半分以上はなつかしさである。

インド料理店へ行って、カレーを食ったことがある。中村屋のカリーと同じように、インド料理店のカレーは、そば屋の黄色い、安価なカレーとは違って、薬味が何種類かついていて、ほうインドではこういうのもあるんだな、と珍しかった。だが、インドのカレーといってもいろいろあるのだ。贅を凝らしたものもあり、素朴なものもあるのだ。薬味が十もついているようなカレーは高級で、もちろん旨いのだろうが、なつかしさに無縁の高級カレーより、なつかしさのまつわる安価で素朴なカレーの方が、味などろくに憶えていなくて、辛さだけが記憶にのこっているぐらいのものであっても、旨いのだ。

戦後、この国にはスーパーマーケットが簇生し、食品会社が全国一律に、きまった味のルーを出荷している。青森でも鹿児島でも、同じルーを使って、同じ調理法でカレーライスを作っている。スーパーとテレビは、それだけでそうなったのではないが、この国とこの国の人々を画一化した。

カレーといえども、その家の味もあり、その店の味があるわけだが、今やカレーライスは、軽便な家庭料理として全国に行き渡り、しかも、飲食店のメニューにも載り、専門店も店を張っている。果たして家庭では、カレーにも、おふくろの味を出しているのか。きまったルーを使って、書かれている通りの作り方をして、それでも作り手によって違った味になるのが、料理というものかもしれない。作り手が格別下手でなければ、夫は妻の、子供は母の味に馴《な》れ、いつかそれが一番好いものになってしまうのが、料理というものかもしれない。なに、家庭では、家族にまずいものを食わせる手もあるのだ。家でまずいカレーを食わせられていれば、外でそれほどでもないカレーを食ったとき、旨いと感じるだろうから。いずれにしても、かくも盛大に流布するとは、カレーというのは、たいしたものである。

実をいうと、私には、美味求真などという心はろくにないのである。だからといって、旨いものは旨いし、まずいものはまずく、まずいものを食うより旨いものを食う方がいいにきまっているが、旨いまずいの能書きはいいたくない。

食い物は、なつかしさで食えばいい。ある程度旨ければ、旨いといっていればいい。こんなことをいっては、ミもフタもないということになるだろうか。しかし、私は、ある程度旨ければ、旨いといって食うだけである。味の論評はしたくない。

けれども、自分の国が画一化されるのは、楽しくない。けれど、わが国は画一化の方向に向かっていると思うのである。画一化をもたらすのは、ファシズムだけではない。自由経済を唱える資本主義の社会も、企業の利潤追求の多売や、テレビの利潤追求の横並びが、画一化を招来しているのである。軍人による言論統制の箍《たが》は、敗戦ではずされたが、まずくても、手軽な食品への帰依は、画一を生んでしまう。だから本当は、主婦は、お母さんは、外で食べたときおいしく感じるから、などといって、まずいカレーを作って無反省でいてはいけないのである。有名ホテルのカンヅメのカレーの方が、下手な自分の作るものよりおいしいなどといって、カンヅメで間に合わせたりしてはいけないのである。

けれども、こんなことを思っても、ムダだろうな。カンヅメのカレーでもよしとするか。カンヅメを、そんなことをいいながら、私自身は使っているのである。戦地でこれがあったらなあ、などといいながら。

病院で夢見たカレーライス

私が、美味求真と口にしないのは、戦場で餓鬼道に落ちたからである。以来、私は、まずいという言葉を口にすることができなくなってしまった。だからといって、今は、まずいものを食う気にはなれない。今はその必要はないし、私は老人になった(七十九歳である)。黙って食べずにいればいいのである。

あの飢えを思うと、味がどうのこうの、というのが、なにか恥ずかしいのである。どんなものであれ、飢えればガツガツ食うだろう、などとすぐに思ってしまう。これは私の、戦争の後遺症である。まだ続いている。死ぬまで続くのだろう。

私はビルマ(今のミャンマー)から、中国の雲南省へ入り、山中でマラリアにかかり、野戦病院に収容された。野戦病院から兵站《へいたん》病院に後送されたが、栄養失調になった。運良く餓死は免れたが、肋骨は浮き出るし、足はむくむし、哀れな体になり、食べ物のことばかり考えていた。

毎日、ある程度の飯はくれるのだが、おかずが毎食、カラス瓜の一片が入っているかいないかの塩汁だけで、あれでは餓鬼になる。

私が北ビルマの兵站病院に入院していたのは、二か月ぐらいだっただろうか。その間、毎日私は、カレーライスだの親子丼だのを夢みていたのであった。

カレーは、大ぜいの人に供するのに適した食物だと思うが、なぜか私の部隊でそれが出たことはなかった。病院ではカラス瓜の塩汁であったが、部隊は駐屯地で物の買える場所であっても、炊事班は、ブタ肉、ブタ肉のないときは水牛の肉と、キュウリやナスとを炒めて、ケンチン汁ふうにしたものを、作って支給した。明けても暮れても、ケンチン汁であった。それが作れないときには炊事班は、塩干魚の一片を菜として支給した。

あんなものばかり食わされていると、味などどうでもよくなってしまうのである。塩干魚でなく、ケンチン汁にありつければ幸いである。だが、毎食塩干魚かケンチン汁では飽きるので、兵隊は軍票で、あひるの卵を買って飯盒《はんごう》のフタで目玉焼を作った。

陸軍一等兵の月給は二十三円五十銭であった。状況によっては、それをもらえない月もあったが、その軍票で、ビルマ人から物を買うのである。戦況が悪くなると、しかし、インフレが起きて、物価がみるみる高騰した。一円で四コ買えたあひるの卵が、次の日には一コ一円になった。その次の日には一コ二円になった。

そんな状況の中で、私はビルマのブタのカレー煮を一遍買ったことがある。親指ほどのブタ肉が、一つ二円であった。野菜など何も加えずに、ブタ肉を煮込んだだけのものだ。ああいうカレーもあるのだ。

私はそのブタ肉を一コだけ買って昼食のおかずにしたのだったが、その肉片の端をほんの少量口に入れると、今までに経験したことのない凄い辛さが、口中に広がった。その激辛を押えるために、急いで飯を口にほうり込んだ。あれはカレー煮というより、唐辛子煮だったのかもしれない。ビルマの料理にあんな辛いものがあるとは知らなかった。といって最下級の兵士の私は、ビルマに送られても、ビルマの料理を口にする機会は、戦争中にはなかった。タイの料理は滅法辛いのだと聞いていた。カレーもインドには、格別辛いものもあるに違いないと思うが、戦争中の私は、タイの料理にしてもインドの料理にしても、想像するばかりで、実際に見たり食ったりする機会はなかった。

ビルマの料理にしても、行きずりにビルマ人の食事の光景を目にすることはあっても、私が日常口にしていたのは、良くてトン汁か、水牛汁。悪くなれば、カラス瓜の塩汁か、わずかばかりの塩干魚か、乾燥野菜の粉醬煮。もっと悪くなれば岩塩か、無。そんな食生活をしていて、なんとなくビルマの料理は、インドやタイほどには辛くない、と勝手に思い込んでいたのだったが、ビルマにも、辛いものがあったのだった。

あれも料理といえるかどうか。いえるとしても、ごくごく簡単素朴なものである。家でブタを煮て、壺に入れて、路傍で売っていたのだった。他者に追随を許さぬ調味料を考案して使っているというようなものではない。ただ、やたらに辛いだけのものであった。けれどもあの国の人たちは、私にはただ辛いだけのものに、旨い辛さと、旨くない辛さを微妙に味わっているのかもしれない。

辛い、といえば、戦後、東京で行ったことのあるインド料理店のカレーも辛かったが、ビルマで戦後口にしたインドカレーも、あのブタ肉に負けぬ辛さであった。

戦後、一昨年と、二十数年前と、二度私はビルマを訪ねたが、二十数年前に行ったとき、ヘンザダというイラワジ河畔の町で、戦争中知合いになったビルマ娘の夫と大雨の中を歩きまわったことがある。

彼はヘンザダの高校の先生をしていたが、私が行くと、妻の友人がはるばる日本から来てくれたと歓迎し、私を連れ出して、町の知合いを何軒か訪ね、この人がはるばる日本から来てくれたのだ、と吹聴し、紹介するのだった。バケツの水を頭からぶちまけるような大雨になったが、かつての私の片思いの女性の夫は、平気であった。私も平気でズブ濡れになることにした。

そんな町歩きをしながら、私がカレーを食べたいというと、彼が、竹の柱にニッパ椰子の屋根をのせたインド人の小屋に案内してくれた。私の念頭には、戦争中路傍で買った滅法辛いブタ肉があったのだが、私の片思いの女性の夫が案内してくれたインド人の店のカレーには、チキンの肉片が少々入っていて、小麦粉を練って延ばして焼いたチャパティというパンを、カレーに浸して食うのであった。あれにはライスはついていないので、あれはカレーライスではない。別名があるのだろうが、カレーであることは間違いない。

あのカレーについても、ブタカレーと同様に、とにかく、ひどく辛かったと思うばかりだが、なつかしい。食物は、なつかしさが第一、味は二の次。

カレー中毒

清水幾太郎

カレー中毒という話はあまり聞いたことがないが、やはり、私は少しカレー中毒にかかっているのだと思う。その証拠に、幾日目か正確に計算したことはないけれども、或る期間が経つと、滅茶苦茶にカレー料理が食べたくなるのである。食べると、それで気が済んでしまうのだが、とにかく、そういう発作が幾日目かに必ず起る。

発作が起ると、私は半日を台所で潰してしまうことになる。近頃はもう家族は誰も手伝ってくれない。ただ遠巻きにして、私の活動を見守っている。ジャガイモや玉ネギの皮を剝くところから始まって、あの香料、この香料と工夫を重ねて、やがてカレー料理が完成する頃になると、私はすっかり昂奮し、そして疲労してしまう。発作が度重なって、台所での私の活動が歴史を持つに従って、カレー料理の味は次第に複雑になり、次第に微妙になって来た。この頃では、家族の間から、「お父さんのカレーも結構ですが、たまにはおそば屋にあるような黄色くてアッサリしたカレーライスも食べてみたいと思います」というような感想が出て来ている。

＊

カレー中毒の発端を考えてみると、どうも、一九四二年、私が陸軍徴用員としてビルマのラングーンでインド人の間に生活していた辺にあるらしい。四十日間に近い危険な旅の末にラングーンに辿りついたのは、四月の上旬の或る夜であった。宿舎に着いてみると停電で、ローソクの光の下で私が口に入れたのは、カボチャと堅い肉とをカレーで煮たものであった。コック――といっても素人――はインド人であった。

この晩から、一日に一度は必ずカレー料理を食うという生活が始まった。ビルマへ行くまでは、カレー料理の材料といえば、牛肉、豚肉、鶏肉、ジャガイモ、玉ネギ……と相場がきまっているように考えていたが、ビルマへ来てみると、どんな材料でも、カレーで煮ないものはない。さまざまのカレー料理があるというよりも、少し大袈裟に言えば、どんな材料もカレーで煮なければ食物にならない、と考えた方が早いようである。

従って、実に多種多様のカレー料理を食べたことになるが、しかし、残念なことに、どれもそううまいとは思わなかった。もちろん、カレー粉の匂はするけれども、味が一般に鈍くて、一向に感心しなかった。

＊

例外が一つある。あれは何というストリートであったか、今はもう忘れてしまったが、とにかく、何とかストリートという大通りに、インド人経営の食堂があった。食堂といっても、人力車夫などが出入する店で、テーブルや椅子はブリキと針金で作ってある。床はコンクリートで、そこに水が溜っている。蠅がワンワン飛び廻っている。

黙って椅子に腰を下ろすと、大きなお皿に茶色のボロボロの御飯を山のように盛って、その上に刻んだ青い唐辛子を振りかけたのが運ばれて来る。土地の人たちはそれを右手で丸めては口に入れるのだが、私はスプーンを貰った。御飯はカレーで炊いてある。その御飯の山を崩すと、下から丸太（？）のような木片が現われる。香料である。その下から、今度は鶏の脚が一本出て来る。この脚をかじりながら、唐辛子を振りかけた御飯を食べるのである。これはうまかった。値段は、一ルピーが一円という相場で四分の三ルピーであったから、まあ、七十五銭という見当であろう。

ラングーンはビルマの首府で、当時、人口は約五十万。ところが、その大部分は隣りのインドからの移民で、しかも、このインド人がビルマの経済の実権を握っている。町で用事を足すのには、インド語の方が役に立った。私が鶏の足をかじっていると、インド人が囲りに集まって来て、「どうだ、うまいか」と言うのであろう、いろいろと話しかけるが、私には判らない。しかし、こちらも、「ボート・アッチャー」(very good) と呟いたり、「タンダ・パニー」(cold water) と注文したり、私の貧しいインド語を総動員してみせると、みんなひどく喜んでくれる。とにかく、ビルマではいろいろのカレー料理を食べたが、これが一番うまかった。わざわざビルマまで連れて行かれて、何一つ仕事はなく、毎日を無意味に過ごしていた間、この店を訪れるのは私の一つの慰めであった。

*

一九五四年の夏から秋にかけて、ヨーロッパの国々、ソヴィエト、中国などを旅行した時は、それまで抑えに抑えて来たカレー中毒の発作が、到頭、旅行の終点であるロンドンで爆発してしまった。イギリスへ渡るまでは、私はその国の政府機関に招かれたお客であったりなどの理由で、発作が起ったにしても、カレー料理を探し廻るというような自由や余裕がなかったのだが、イギリスまで来てみると、気が緩んだのか、忽ち発作が起った。幸い、案内してくれる人があって、何とかストリートのカレー料理専門の立派な料理屋へ案内された。夕方であった。有名な店なのであろう、沢山のお客がドンドン入って行く。私も一緒に入って行こうとしたら、背の高い給仕人が飛んで来て、「駄目だ」と言う。いや、そう言うより先に、私を店の外へ押し出してしまった。押し出されたというより、つまみ出されたという方が適切である。店の奥からはカレーの匂が漂って来るが、私はこの匂に背を向けて暗いロンドンの町をまた歩き出した。

ロンドンのホテルやレストランの中には、有色人種を拒否する店があると以前から聞いてはいたが、まさか、有色人種の間で発達した筈のカレー料理を食う自由を有色人種が持たないとは考えてみもしなかった。

暗い町を歩き始めたが、カレーを食いたいという気持は依然として続いている。中毒というのは情ないものである。気の毒に思った友人は私を裏町のカレー料理専門の小さな店へ案内してくれた。店の名はボンベイ・レストランであったかと思う。いや、私をつまみ出した店がボンベイ・レストランであったのかも知れぬ。とにかく、この小さな店でカレーライスを食った。天井の電灯が非常に暗かった。インド音楽のレコードをかけている。ムードは多少インド的なのであろうが、肝腎のカレーライスは、イギリス人の口に合わせたのか、あまり辛くもなく、実にまずかった。暗い電灯の下で、インドのメロディを聞きながら、辛くないカレーライスをクチャクチャ食べているうちに、矢も盾も堪らず、私は日本へ帰りたくなった。

ジョディのカレー――インド

石田ゆうすけ

インドの食堂には「カレー」という表記がどこにもない。お品書きを見ても、「カリフラワー」「豆」「ジャガイモ」「キャベツ」と食材を表す文字が並んでいるだけだ。

インドの料理はほとんどが「マサラ」と呼ばれる混合スパイスで味付けされる。だからどれもがいわゆる〝カレー味〟になる。メニューに「カレー」と書く感覚は、彼らはハナから持ち合わせていないに違いない。

本場インドの〝カレー〟はたいていがサラサラと水っぽく、コクがあまりない。代わりにスパイスが立っている。旨味がないとぼやく旅人もいるが、スパイスの香りや調和を意識しながら食べると、別の奥深さが見えてくるような気がする。

インドでは手で食べるものとばかり思っていたら毎回スプーンがついてきた。ぼくが外国人だからかもしれない。それを断ってあえて手で食べるのも何かかぶれている感じがするので、ぼくはすなおに出されたスプーンを使って食べていた。インド人たちもわりあい多くの人がスプーンを使っている。手で食べる人のほうが少数派に見えるぐらいだ。もっともこれは地域によるのだろうが。

そんなインドを三週間走り、ヒンズー教の聖地バラナシに着いた。そこで日本人女性のAと再会し、その彼女の友だちだというインド人の女子学生マネーシャと知り合った。聡明さを感じさせる端正な顔立ちで、十六歳とは思えないほどしっかりした口調で彼女は話した。

ある日、そのマネーシャの部屋に、Aとともに遊びにいった。集合住宅が密集している薄暗い一角に彼女の部屋はあった。

広さは四畳あるかないかといったところか。細長いつくりで、そこにシングルベッドがすっぽりと入っているため、部屋の空間のほとんどがベッドで占められている。壁とベッドのあいだは人がやっと通れるほどのすきましかない。三人が車座になって床に座れるのは、部屋の入り口のわずかなスペースだけだ。そんな部屋のなかに、壁かけの扇風機と、小さくて古ぼけたテレビがあった。デッキの一部が破損し、なかの機械がむき出しになったラジカセもある。マネーシャはそのなかにインド映画のサントラのテープを入れ、ボタンを押した。ノイズだらけの割れた音が小さなスピーカーからもれ出した。

正直言って、予想していたよりも部屋は広かったし、立派な暮らしをしているな、と思った。彼女の一家は花売りだ。カーストは高くない。

「違うのよ」

Aがぼくに日本語で耳打ちした。

「ここは〝彼女の部屋〟じゃないの。彼女を含めた〝家族六人の部屋〟なの」

平手で顔をはられたような気分だった。恐ろしいものに向き合うような思いで、あらためて部屋のなかを見まわした。ひとつのシングルベッドを父母と五歳の末っ子の三人が使い、ほかの三人の子どもはコンクリートの床に体をくっつけ合って寝るらしい。

あるいは、家具も何もないバラック同然の家ならその事実もまだ受けとめやすかったのかもしれない。だがテレビやベッドなど、僕たちの暮らしと同じアイテムがある家だけにかえってその生活ぶりが生々しく感じられ、インドの低所得者層の貧困ぶりが不気味なほどに冷たく胸に迫ってきたのである。

数日後、再びマネーシャの部屋に遊びにいった。昼食をごちそうしてくれるというのだ。

部屋に入ると、十歳になる次女のジョディしかいなかった。マネーシャはまだ学校から帰ってきていないらしい。

昼食はどうするんだろう、と思っていたら、なんと、まだ年端もいかないこのジョディが料理をつくり始めたのである。

入り口の〝車座スペース〟にポータブルの灯油コンロを置き、水を入れた鍋を火にかける。そこにピーマンやニンジンを切って放りこむのだが、なにせまだ子どもだ。おもちゃを手当たりしだいに破壊するような荒っぽい所作で調理するので、野菜のくずは飛び散るわ、鍋のなかの水ははねるわで床がどんどん汚れていくのである。いくらなんでももう少し考えろ、と言いたくなるが、小さな女の子の投げやりな感じの動きがおかしくておかしくて、ぼくは笑いっぱなしだ。そんなぼくを見てジョディもニヤニヤ笑っている。

それから彼女はごはんを炊き、チャパティまでつくった。めちゃくちゃに見えるが、やたらと手際がいい。十歳の少女が、家事をこなす国なのだ。

マネーシャが帰ってくると、前回も聴いたサントラをかけ、四人で料理を囲んだ。みんな手で食べている。ぼくもそれにならってやってみた。

意外にも、といえばジョディに失礼だが、食堂のカレーと変わらないうまさなのである。適当につくったようにしか見えなかっただけに、思わず目を見開いた。

次に、やってみて初めてわかったのだが、手だけでカレーを食べるのは、これがなかなか大変なのだ。カレーがさらさらのスープ状なので、ごはん粒が指のすきまからポロポロとこぼれてしまうのである。

マネーシャが笑いながらやり方を教えてくれた。右手の指を閉じてスプーンのような形にし、ひと口の量のごはんとカレーを指先にのせる。その指先の側を自分の顔に向けて近づけていき、最後に右手の親指でシュッとカレーを押し出して口に入れてやる。この親指の使い方がポイントで、やってみるとなるほど、それだけの工夫でずいぶんスムーズになるのだ。

慣れてくるとやがてカレーの味のほうに意識が移り、しだいに目の前が開かれていくような心持ちになった。スプーンで食べる場合とでは明らかに味が違うのだ。香りや歯触りに〝手触り〟が加わることで味が立体的に立ち上がってくるのである。

ますます興がわき、ごはんをすくってシュッと入れる動作がどんどん速くなってきた。するといつしか、すくってシュッ、すくってシュッ、のリズムがほかの三人と重なってきて妙な一体感が生まれたのだ。

互いに膝や肩があたるほど身を寄せ合う狭い部屋のなかで、みんなと顔を突き合わせ、同じリズムで、シュッ、シュッ、と食べる。インド映画のサントラが、壊れかけたラジカセからジリジリと鳴っている。そのノイズだらけの音は、かつて日本のお茶の間に流れていたラジオ放送を連想させるほどに、優雅な雰囲気で漂っていたのだった。

インドのカレー

石川直樹

　自分の身体からカンピロバクター菌という妙なものが検出されたのは、インドから帰国した直後、17歳の夏だった。高校2年生だったその年、学校で禁止されていたアルバイトをしながら、昼食代をけちってクラスメートが食べている弁当の残り物をもらったり、100円のコッペパンでしのいだりして費用をため、ぼくはインドへと1カ月間の旅に出た。大袈裟にいえば、そこでの経験がぼくのその後の人生を決定付けることになった。世界は本当に多様であるということをぼくは身をもって実感したのだ。

　はじめての海外一人旅から帰国後、下痢が治らないので、意を決して保健所に行くと、白衣を着たおばさんに尋ねられた。「菌は犬や家畜などからあなたの身体に入ったものだと思われますが、心当たりはありますか?」と。インドには牛と野良犬はどこにでもいるわけで、毎日手づかみでカレーを食べているうちにどこかで菌をもらってしまったのだろう。心当たりはありすぎてわからないくらいだ。食べたことのないものや面白そうな食べ物に片っ端から手をつけながら移動する悪食の旅は、恐いもの知らずの高校生のときだったからこそできたのかもしれない。ぼくは保健所で抗生物質をもらい、秋から療養に努めた。気味悪がられると嫌だったので、夏休みが明けて再び高校生活がはじまっても、インドを旅したことは誰にも言わなかった。

高校生のときのインドへの旅はぼくの原体験にあたるもので、旅の食事について考えるとき、はじめに思い浮かぶのがあの夏に毎日食べていたカレーだった。カレーと一口に言っても、インドのカレーと日本のカレーライスはまったく違うものである。インドにはカレールーというものは存在せず、ガラムマサラと呼ばれる香辛料を組み合わせたもので味を調えながら料理する。つまりインドにおいては料理人のさじ加減によって作られた独自の汁とチャパティやナン、米などと一緒に食べる料理が、わたしたちのいういわゆるカレーということになる。

だから現地に行けば、バラエティに富んだカレー群がスーパーに並んでいるというようなことはありえない。あらゆる名前が冠されたカレールーが並ぶ日本の状況は極めて特異なのだ。日本のカレーは、カレーパン、カレーうどん、カレーピラフなどに派生し、今ではそれ自体が固有の文化になりつつある。やがて、日本発のカレー文化が世界に広がることもあながち空想ではないかもしれない。ぼくはいろいろな場所で、ジャパニーズカレーを作り、それを食べてもらったことがあるのだが、「不味い」といってスプーンを置く人は今のところいなかった。日本でこれだけ一般家庭に浸透することからもわかるように、日本のカレーライスの味は万人に受け入れられやすいのだろう。

以前、ミクロネシアの離島を訪ねたとき、お土産に日本のカレールーを持参したことがある。島の人々はふんどし一丁で暮らし、魚とパンノミ中心のシンプルな食生活を営んでいる。島には日本で見かけるような野菜は一切ないので、カレーの具には、島に存在するほとんど唯一の野菜・タロイモが投入され、さらにあまり見かけない緑の草が入れられた。ぼくが作り方を教えるまでも無く、彼らはパッケージの写真を見ながら、自分たちで料理をしてしまうのだった。米は持参したので、ぼくの仕事は大きな鍋で米を炊くことのみだった。

塩や胡椒さえもない島での食生活において、カレーの味はよほど刺激的だったのだろう。10箱もっていったカレーも2日でなくなってしまった。島の人々の気持ちいい食べっぷりを見ていると、世界に日本のカレーを紹介したくなってしまう。ジャパニーズカレーはもっと世界を旅するべきだと思う。

高校時代のインド旅行はカルカッタのサダルストリートからはじまった。カルカッタの安宿でインドの洗礼を受けたあと、列車でガヤを経由してヴァラナシへ向かった。あたりに夜の帳がおりはじめる頃、列車は予定より4時間も遅れて、ヴァラナシのムガールサライ駅に到着した。

駅から3輪のオートリキシャに乗って、ガンガーの岸辺を目指したのを覚えている。交差点手前の中途半端な場所にオートリキシャは止まり、運転手と、同乗した客の一人が口論をはじめた。やれやれと思いながら、タイミングを見計らって「早く行こうよ」と声をかけたが無視されたので、ぼくは車から降りて一人で歩いていくことにした。

勘を頼りに川へ向かって歩いていくと、やがて迷路のような小道に入る。何度も見たような場所を行ったり来たりしながら、ぼくは一軒の安宿を見つけた。時計の針は20時をまわっていた。

宿の屋上にはレストランが併設されている。埃をかぶったザックをシングルルームの破けたシーツの上にほうり投げて、すぐさま階段を駆け上がった。空腹でぶっ倒れそうだった。

ベランダにある椅子に座って、注文したチキンカレーが出てくるのを待った。新月のその日、ガンガーの水面は夜空と交じり合って境界がなくなり、屋内から聞こえてくる旅行者の話し声はなんだか別世界から聞こえてくるように思えた。はっきりとは見えないが、ガンガーの水が悠然と流れているのだけはたしかに感じることができる。オレンジ色の仄かな灯りが黒い空間に滲み出しているあの光景。食事をしながら眺めたヴァラナシの景観は、今でも忘れることができない。

その宿にしばらく滞在しているあいだにレストランの店員と仲良くなって、厨房の中を見せてもらった。ステンレスのシルバーばかりが目に付く殺風景な空間の一角に、小さなビニール袋に入ったさまざまな香辛料が置いてあった。店員の若い男はそれぞれの香辛料について説明してくれたが、ほとんど覚えていない。そのごった煮的な香辛料の束が、いつしか一皿の宇宙へと姿を変えることに感心した。

インドではスプーンやフォークを用いずに、右手を使って食事をする。トイレでも紙を用いず、左手を使ってお尻をきれいにする。どちらも最初の一回を行う勇気さえあれば、あとはもうこれほど爽快なことはない。手づかみでワシワシ食べるのは気持ちいいし、紙を使わない排泄行為は資源を無駄にしないうえに、理にかなっていると思う。たった30日間ではあるが、このような生活を続けていると、一見対極にあるかに見える〝食べる〟という作業と〝排泄〟が直接つながっていることを実感できる。排泄とは一種の破壊行為であり、食べることの最終的な結果でもあると思うのだ。汚い話続きで申し訳ないが、ユーコン川をカヤックで下ったときは、岸辺で自分が出したものを見ながらトイレットペーパーを燃やし、ミクロネシアで泳ぎながらしたときは、自分が出したものと一緒に海を漂った。自分が口に入れたものの行く末をじっと見守ることによって、旅での体調管理をする。それは人間にとって、ごく当たりまえのことでもある。

はじめての一人旅から8年が経ったある夏、ぼくは再びインドへ向かった。あのときと同じルートをたどってインドを横断し、パキスタンを通って西のアフガニスタンを目指したのだ。

インドとパキスタンでは毎日のようにカレーを食べていたが、アフガニスタンに入ると東南アジアから続く綿々としたカレーというレパートリーが突然姿を消す。メインはカバブとナンになり、汁ものとナンの組み合わせはたまに見かけるだけで、まったく辛くない。むしろ甘味さえ感じられるかもしれない。カレーというものの定義が曖昧であるとはいえ、個人的な見解をいえば、結果的にパキスタンのペシャワールが、カレーを食べられる西端となった。

パキスタンの大衆食堂は、インドに比べると格段にサービスが良い。なじみの食堂で、いつものようにナンと豆がメインのダルカレーを注文してみる。大きな丸いナンはパンよりよほど歯ごたえがあり、しかも焼き立てなので香ばしい。右手でナンをちぎり、ダルカレーをつけて、時にすくい上げるようにして口に運ぶ。カレーがなくなる頃になると、どこからともなくおじさんがやってきて、「おかわりするか」とぼくに目配せする。うなずくと、二杯目のカレーをすぐに運んできてくれるのだ。もちろんナンも次から次へともってきてくれる。皿からはみでた大きなナン二枚とカレー二杯を食べるとぼくは満腹になる。たっぷり食べて、最後にチャイを飲んでいるときの幸福感は何ごとにもかえがたい。

食事を終えた後は、バザールをぶらついてジュース屋に入り、デザート代わりにマンゴージュースを飲むのが習慣になった。マンゴージュースはアイスクリームを飲んでいるかのような実に不思議な味のするジュースで、一度口にすると病み付きになってしまう。パキスタンやアフガンで診療を続ける日本のNGOペシャワール会の中村医師は日本からお客さんがやってくると、まずマンゴージュースを飲ませて、わざと下痢を経験させ、身体をパキスタンに慣れさせるという。腹を壊す原因は、おそらく現地の水で作られた氷だと思われる。

ぼくは自らこの洗礼を受け、一度は苦しんだものの、自虐的に二回三回と飲み続けて腹の具合を安定させた。このとき、人間はその環境に適応する生き物だと改めて実感した。パキスタンの先にあるアフガニスタンでは、地域によって食料がほとんど手に入らない場所もあった。食料の供給が安定しない場所を数週間旅して、再びパキスタンに戻ってきたときはなんとほっとしたことか。ぼくは行きつけの食堂に行き、またいつものようにダルカレーとナンを注文する。

右手で焼きたてのナンを引きちぎり、カレーに浸して、それを口に運ぶ瞬間、「今、食べてるなあ」という妙な感慨を抱き、ほっとするのだ。旅先では、満足な食事ができることにただただ喜びを得る。それが食べ慣れた味だとなおさら幸せなのだ。

アジアのカレーの味は、ぼくにとっておふくろの味に続く懐かしい食べ物でもある。

カレー、ですか……

角田光代

妻や恋人のいる男の人に、「彼女の作る料理でいちばん好きなのは何?」と訊《き》くのが、私はわりと好きだ。こういうとき、その妻なり彼女なりがいっしょにいると、興味深げな顔つきでその答えを待っている。私にも身に覚えがある。私の作る料理のなかで、この人がいちばん好きなのはなんだろう? と、だれよりも自分自身が知りたいのである。

いろんな答えがある。パスタ、などとざっくり答えられると、つい、「パスタのなかでいちばんおいしいのは何、トマトベース? それともクリーム系?」などと詳細を尋ねてしまう。しかしこういうざっくりした返答をする人は、料理名をそもそも知らないのであるが。餃子《ギョウザ》、とか、ビーフストロガノフ、とか、南瓜《かぼちゃ》の煮物、などという限定料理名だと、聞いているこちらも「ふむふむ」とどことなく満足するし、傍らで聞いている妻なり彼女なりも「そうかそうか」と、ちょっとうれしそうである。この質問にたいして、質問者をも妻・彼女をも、もっともがっかりさせる答えがある。

それは「カレー」である。

もちろんいろんなカレーがあろう。スパイスから調合して作る本格的なものも、ネパール系のものインド系のもの、ココアやジャムを入れたりする一工夫もの、みんなそれぞれ、ご自慢のカレーなのだとは思う。しかし、「カレー」と答えられると、なんとはなしにがっかりしてしまうのである。

先だっても、新婚夫婦とともに飲んだおり、私はその質問をした。いっしょにいた新婚妻はわくわくと彼の答えを待っていた。そして、ああ、彼の答えは「カレー」。それを聞くやいなや妻は「えー、カレー?」と不満げな声を漏らした。「え、なんで? おいしいじゃん、きみのカレー」と新婚夫。「えー、でも、カレーなのお?」となおも顔をしかめる妻。

わかるわかる。「えー、カレー?」と言いたくなる気持ち。料理の作り手としては、もっといろんな手のこんだものを作っているのだ。牛すじと大根の煮物とかさ。クリームコロッケとかさ。五目炊《た》き込みごはんとかさ。春巻とかさ。たとえカレーがスパイスから調合された本格的なもので、ほかのどんな料理より手がこんでいたとしても、「カレー」と言った時点でそれはただの「カレー」なのだ。無個性というか凡庸というか退屈というか。カレーと言われるよりは、ビーフストロガノフだの生姜《しょうが》焼きだの、何かこう、個性が感じられるようなものを言ってほしいのだ、作り手は。

「私はね、交際していたときからこの人に、そりゃいろーんなものを作ってきたし、今だって献立工夫してるの。それが、よりによってカレーなんて。カレーばっかり食べさせてるみたいじゃん」と、新婚妻は作り手の落胆をうまいこと言葉にしていた。そうそうそう、とうなずく私に、「でも、ほんとおいしいんだよ、この人の作ったカレー」とだめ押しする新婚夫よ、どうか作り手の機微をわかってくれ。

カレーあれこれ

石井好子

昔、本郷に「ひさご亭」という洋食屋があった。メニューはきまっていて、コーンスープから始まり、柔らかいヒレステーキ、そのあとにカレーライスが出た。おばあちゃんが発見してきた得意の店だった。おばあちゃんにとっては孫の私達をお墓参りに連れてゆくのが目的だったが、それだけではいやがるので、お参りの後は「ひさご亭」ときまっていた。

小じんまりした日本式の家でお座敷に坐ってたべたその洋食は今思い出してもとてもよい味だったと思う。ステーキもたべよい大きさで、よくえらばれた肉だったような気がする。

カレーライスというものを初めて口にしたのも「ひさご亭」ではなかっただろうか。昭和のはじめステーキやカレーライスをたべさせたおばあちゃんはいかにもはいからおばあさんのように思えるかもしれないが、古風な人だった。お料理がうまく小まめにおいしいものを作ったが皆和食だった。しかし「ひさご亭」をみつけてきて私達を相手に時々洋食もたべたのはくいしん坊だったからだろう。

考えてみると私はそのおばあちゃんの血すじをひいているように思える。

その頃のカレーは黄色でどろっとしていて必ず肉の他に人参とじゃが芋が入っていた。このようなカレーはつい先頃まで日本の代表的なカレーで他の国ではお目にかかれなかった。外国生活をしていたときもその日本風カレーをたべたくて何回か試してみては失敗した。

イギリスでたべたカレーは、印度が植民地だっただけに本格的なもので汁はさらさらとして非常に辛かった。

フランスのカレーは鳥や羊肉のカレー煮だったからカレーライスとは異質のものだった。

ペナンでたべたカレーは一口、口に入れたら火事のようになり、水をのんでもご飯を口に入れても直らず、そのあとたべたものも味が分らない程辛かった。

スキー場でたべたカレー、日曜日に母が作ってくれたカレー、小さい駅前の食堂でたべたカレー、列車食堂のカレーライス、それは皆黄色くてどろどろしたカレーで、懐しい思い出もその味にふくまれている。

しかしこの頃は、そのようなカレーよりも本格的カレーのほうが好きになった。元は、辛いものは喉に悪いと思っていたからとう辛子の入ったものはたべなかったし、たまにたべてもおいしいと思えなかった。

ところが混血の歌手ジョセフィン・ベーカーが来日したとき何にでもタバスコをふりかけ、日本に唐辛子の粉がある事を知ってからはそれを持ち歩いていた。美声の彼女が唐辛子をばりばりたべてるのをみて、私もちょっと真似してみたら味がぴりっとしておいしい。彼女のように何んでもかけるわけではないがスパゲティーやトマトソース味のものには時々タバスコをかけ、絶対たべなかった朝鮮づけの白菜もたべるようになった。

そのせいかカレーも辛いものがよくなった。料理の取材をしていた頃、国連大学の副学長武者小路公秀氏にカレーライスを作っていただいた。印度に居られた時おぼえたという本格的なカレーだった。

私達はカレー料理を作るとき必ずカレー粉を使うのでカレーの樹、またはカレーの実というものがあるように思っている人が多い。しかしカレーは各人が作る味なのである。つぶ胡椒、にんにく、玉ねぎ、唐辛子、しょうが、その他クミン、カーダモン、クローバ、コリアンダーなどの香料をふんだんに使ってカレー味を作る。だからどの家でもそれぞれ独得の味に作っているのだそうだ。

武者小路氏は鳥とカリフラワーとひき肉入りの三種類を作って下さった。鳥とカリフラワーはさらさらとしたオレンヂ色の汁で辛かったがさわやかな味だった。ひき肉は印度では羊か鶏を使うのだそうだがあいびきの肉にした。「聖なる牛と、けがれた豚を一緒に料理したら印度人は怒るでしょう」といわれたが、そのひき肉のカレーはドライカレーで実においしかった。以来私はよくこのカレーを真似して作っている。

にんにく、しょうが、玉ねぎをみじん切りにしてサラダ油でいためる。武者小路氏の教えにしたがい気長にていねいにこげ茶色になるまでいためる。その中にありあわせの香料とカレー粉を入れ、目がしばしばする程すごい匂いに耐えつついためひき肉とグリンピースを入れて更にいためる。味は塩こしょうでつけ、柔らかみをつけるために無糖のヨーグルトを入れて出来上りである。

これはご飯にまぶしてたべてもよいし、クレープに巻きこんだり、レタスかサラダ菜に包んでいただくのもおいしいものである。

印度では、ご飯かチャパティという平たく焼いたパンが主食のようだ。このチャパティも大きいスーパーマーケットでは売っている。

この頃は東京にいれば本当に何でもたべられる。カレーの店にしても印度人直営の本式カレーの店、辛さによって度数をつけ甘口から辛い辛いのまで十何種類ものカレーを出す店、茶色いどろどろ、昔風黄色いどろどろとそれはそれはバラエティに富んでいる。

あの店、この店とたべあるくのも楽しいものではあるが「家のカレーはこの味よ」といえるようなカレーを作って、一家で賞味したり、友人を招いたりするのもまた一段と楽しいものである。

カレーライス

内館牧子

初めてテレビというものを見たのは、私が五歳のときである。昭和二十九年二月のことらしい。

一緒に見た父が亡くなった今、場所は定かではないが、東京の大きな神社の境内。夜であった。五歳の私は三十六歳の父に肩車され、白黒のテレビ画面を見た。受像機は高い櫓《やぐら》の上に据えられ、群衆がまるで国宝を仰ぎ見るかのように、小さな白黒の画面に息を飲んでいた。むろん、こんなことを五歳の私が覚えているわけはなく、後に父から聞かされたのである。

が、私が確かに覚えていることは、その画面がプロレスで、黒タイツの力道山が戦っていたことである。普通ならば、学齢前の幼女がこんなことを覚えているはずはないのだが、当時の私は普通ではなかった。

そのころ、両親と二歳になる弟と新潟で暮らしていた私は、体が弱い上に引っこみ思案で、甘やかされすぎたせいもあって社会性がまるでなかった。友達などいるわけもなく、大人への依頼心ばかりが強い。幼稚園に入ったものの集団生活が一切できず、いじめられて泣いてばかりいる。とうとう園ではもてあまし、強制退園させられてしまった。

退園させられた私は、自宅で毎日一人遊びをしていた。それはママゴトや人形ごっこではない。大相撲のラジオ中継をじっと聴いては星取り表を作ったり、力士の物語を書いたりするのである。相撲のない時期には、紙で力士人形を作り、背中に「鏡里」とか「吉葉山」などと漢字で書く。漢字はすべて大相撲で覚えた。そして、紙力士を戦わせては星取り表をつけていく。こうも朝から晩まで大相撲のことしか考えていない幼女というのは、やはり普通ではなかったと思う。その上、親とでさえ最小限の口しかきかず、やせて目玉だけギョロギョロさせて紙相撲をやっていたのであるから、なんとも不気味な幼女であったろう。

こんなにも大相撲にのめりこんだのは、原体験に由来している。いじめられっ子の私をいつでも助けてくれたのが、体の大きな太った男の子だった。私は「ありがとう」も言えない子であり、ひと言のお礼も言わぬまま退園してしまったのだが、そのときのありがたさは、「大相撲が好き。大男が好き」という形で現れたような気がしてならない。

その思いは現在も続いており、私には「体の大きな男は信じられる」というところがある。体が大きいというだけで好きになり、何度痛いめにあわされたことか。それでも繰り返しているのだから、つける薬はない。

初めてテレビを見た夜は、親類の結婚式に出るため上京した時である。私は小さな手提げ袋に紙力士を入れて、父と二人で汽車に乗って来た。

おそらく、あの夜まで私はプロレスなるものを知らず、力道山も知らなかったはずだ。ただ、相撲と違うスタイルの格闘技に、子供心にも強烈なカルチャーショックを受けていたであろうことは想像に難《かた》くない。空手チョップや、リングに倒れても負けにはならないプロレスというものに、目からウロコが落ちたに違いない。

というのも、新潟に帰ってからの私は、プロレス研究に燃えてしまったのである。以来、大相撲と並行して、プロレスの一人遊びにも夢中になっていた。「プロレスかるた」を作り、一人で読みあげては、一人で絵札を取る。声を出して読みあげるのは内気ゆえできず、心の中で読んで、心の中で「ハイッ」と叫んで取る。端《はた》から見れば、不気味さにも磨きがかかっていたことだろう。

今もって覚えている読み札に、
「えんどうこうきち　とくいのとびげり」
という一枚がある。情報量も少ない時代の幼女が、遠藤幸吉の得意技をかるたに詠《よ》みこむのだから、のめりこみのほどがわかる。

こうして、私は今に至るまで大相撲とプロレスをずっと観続けている。ただ、大相撲への関心はまったく途切れることがなかったが、プロレスは昭和三十八年の力道山の死から、五十五年くらいまでの十七年間は、ほとんど観ていない。力道山の死による喪失感は、ファンとしてプロレスにさよならを告げるに値するものであった。加えて昭和四十八年、日本プロレス協会が崩壊した。これは力道山が築いた王国の消滅である。この時点で力道山はもう一度死んだのだ。実にセンチメンタルだが、そう思った。そして、プロレス雑誌の購読もすべてやめ、私は完璧にプロレスファンを引いた。

が、昭和五十五年くらいだったと思うが、横浜文化体育館で行われたプロレス興行のチケットをもらったのである。ＯＬだった私は、会社の男女社員四人と出かけてみた。

しかし、試合にはのめりこめなかった。十七年間の空白により、知らないレスラーばかりになっていたのである。同行の女友達は、もとよりプロレスになぞなんの関心もない。

「お茶でも飲みに出ちゃおうよ」

彼女に囁《ささや》かれるまま、私たちは二人で席を立った。館内に喫茶室がないかと探しているうちに、裏庭のようなところに出た。

そのとき、ふと見ると、若いレスラーが二人、夜の庭にしゃがんでカレーライスを食べている。

見惚《みほ》れた。

大きな肉皿に、まるで富士山のようにごはんが盛られている。カレーは白いごはんがまったく見えないほどたっぷりとかかっていた。若いレスラー二人は、樫《かし》の木を思わせる逞しい腕を動かし、スプーンを口に運ぶ。それは決して「かっ込む」というような下品な食べ方ではなかった。巨大なシャベルカーがキビキビと動いているような美しさがあった。シャベルがガッとごはんをつかみ、ゴゴーッと口に運んでいく大らかさに、私は圧倒されていた。

「男」を見たと思った。

あっという間にたいらげた二人は立ち上がろうとした。すると、一人が皿についているカレーを、太い指できれいにぬぐい、なめた。そして、裏口から館内へと消えて行った。

好きだと思った。こういう食べ方を、そしてこういう食べ方をする男たちを、私は本当に好きだと思った。

庭にしゃがんで食べることも指でぬぐってなめることも、「行儀が悪い」のひと言で片づけたくはなかった。体が食べ物を欲し、食べ物が体の中で生きるという、最も原始的にして本来的な姿は、こうも気持ちがいいものかと思った。

そのころ、同僚の男子社員で瀬戸内海に面した地方の出身者がいたのだが、彼は会社の昼食に魚が出るたびに、ひと口食べては必ず言う。

「この魚、石油の匂いがする。こんなもの食えないよ」

瀬戸内海の町で暮らしているならともかく、東京の、それも百円だか百五十円だかの定食弁当に対して、こんなことを言うほうがずっと行儀が悪い。

カレーライスの食べっぷりに惚れたせいばかりではないが、私はこの日を境に再びリングに足を運ぶようになった。

その後、新聞で「カレーライス」に関するおもしろい文章を読んだ。

「真夏の甲子園球場のスタンドで、暑さと辛さに汗をかきながらカレーライスを食べる青年を見た。その姿はまさに若さの象徴であった」

という内容である。

しかし、シャベルカーのように美しかった若いレスラーを思い出すとき、なぜか必ず桜吹雪の下で食べていたシーンになる。桜などなかったはずだが、思い浮かべる絵は必ず春の闇に花びらが舞い、その木の下でカレーライスを食べているのである。おそらく私は、彼らの張りつめた筋肉を持つ体に、人生の春が象徴されているように思ったのかもしれない。

そしてそれは、初めて見たテレビの力道山にも重なってくる。思い出すたびに、神社に据えられたテレビ受像機にも、桜吹雪が舞っている。

「二月だよ。桜の季節じゃないよ」

と父は笑ったが、思い出す力道山は、いつだって桜吹雪の神社で空手チョップを炸《さく》裂《れつ》させている。

あの時代はきっと、日本という国にとっても青春だったのだ。

カレーライス

伊集院静

週末になると雨が降る。

だから競馬はずっと重馬場が続いている。もうすぐオークスやダービーが行なわれるが、天気が良いといいのだが。

雨が嫌い、という人がいるように、競走馬にもひと滴雨《しずく》に濡れただけで、さっぱり走る気をなくす馬もいる。逆に雨が降り出すと急に元気になる馬もいる。

子供の頃、夏の雨が降り出すと裸足《はだし》のまま表通りに飛び出して、身体中ずぶ濡れになりながら遊んだことがあった。

あれは妙に気持ちがいいものだ。雨空に顔をむけて、大粒の雨滴《あまだ》れがパチパチと頬に当る感覚は、それを体験した子供でないとわからないだろう。足の指を開いて水の流れる土の上に立っているのも、ひんやりとした感触が背中の方まで抜けて、いいものだ。

今でも時々雨の日に外で遊んでいる子供をみかける。家の中からあわてて母親が飛び出してきて、子供の手をピシャリと叩き、中に引き込む。たぶん風呂場に連れて行かれて、叱られながら丸裸にされるのだろうが、一、二発殴られても、雨の中で遊ぶことにはそれだけの価値はあるものだ。

大人になってそれをやると、周りで見た人たちは、「何かきっと会社でつらいことでもあったんだろう」と考える。

一度、深夜の銀座でそんな酔っ払いの男がいた。その人は何か大声を上げて、ネクタイと上着を振り回しながら、びしょ濡れになって空に両手を上げていた。

「あっ、大変な人がいる」

と酒場から傘を持って見送りに出てくれた女の子が言った。私にはその人の気持ちがわかるような気がした。

二、三日続いた雨が上った午後、車で琵琶《びわ》湖に出かけた。

「お客さん、どちらから山を越えましょうか」

とタクシーの運転手が聞いた。

「山中越えがいいな」

車は白川通りから、昔は志賀越道《しがごえみち》と呼ばれていた比叡山の南の尾根を越える旧《ふる》い道を走り出した。

雑木林が多いこの道は、時々ぽつんと八重桜が咲いていたり、岩肌の出た崖《がけ》に山つつじを見かけたりする。

十五分も走れば、尾根の上に出て眼下に琵琶湖の海が見える。

大津の街並みと南から北へ広がる琵琶湖は、白く霞《かす》んでいた。

「琵琶湖は不思議な湖ですよ。これだけの大きな湖だけど、水源がよくわからないらしいんですよ。それに波が立っているでしょう。あれは風のせいだと、私は思っていたんですが……」

と運転手は琵琶湖の話をした。

「風でそうなるんでしょう?」

「違うらしいんです。地球の自転と関係があるっていうんです」

そう言われてみれば、そんなことがあっても不思議に思えないほど大きな湖だ。

船着き場からぶらぶらと歩いた。腹が空いたので、立食いの店に入ってカレーを食べた。カレーは少し味が薄いような気がした。

初めて自分の手で料理をこさえたのは、小学生の時だった。ほうれん草のバター炒《いた》めとサラダである。ほうれん草は炒め過ぎて、フライパンの中で岩海苔《いわのり》のようになっていたのを覚えている。

次は高校の野球部の合宿で作ったカレーライスである。こちらは作りながら食べていたので、出来上った時はカレーの中にほとんど具が残っていなかった。

カレーライスが好きだ。

毎日は食べないが、競馬場、競輪場などで食事をするときは、二回に一回はカレーを注文する。料理を待つのにも食べるのにも、時間がかからなくていい。

子供の頃、我が家でカレーというと大鍋で五十人分くらい作っていた。大家族のうえに、住込みの職人さんもいたからだ。カレー粉の匂いが家の中に二日も三日も漂っていた。

我が家のカレーの肉は、カレー用の四角い肉ではなく薄切りの普通の肉だった。初めて上京した時、ビーフカレーに大きな角肉が入っていたのには驚いた。どうも食べていてしっくりこなかった。

日本蕎麦《そば》屋のカレーも好きだ。小鍋でサッとこしらえる薄いカレーもいい。二、三切れの肉とタマネギしか入っていないが、なぜだか妙に恋しくなる。大衆食堂でカレーを頼むと、グラスにスプーンを入れてくる。誰が考えたか知らないが、勢いよく食べてちょうだいよという感じで悪くない。

今はもうなくなってしまった逗子のなぎさホテルにいた頃、日曜日になるとカレーを食べた。このカレーはレストランのカレーではなく、ホテルの従業員用に作っていたカレーだった。レストランのメニューにもカレーはあるのだが、私には従業員のおばさんたちが作るカレーの方が美味しく思えた。

おばさんたちは一人暮しの私の健康に気を使って、いろんなものを料理して食べさせてくれた。料理というのは不思議なもので、この人に食べて欲しいと思って作られたものは、栄養になるらしい。

三年前、腸閉塞で入院した時、原因は栄養失調と言われた。G大病院のS先生に、

「酒ばかり飲んで何も食べてないんだろう。まるで栄養が足りてないよ」

と叱られた。

「じゃあ、家政婦さんでも頼んで、料理を作ってもらいましょうか」

と言うと、

「いや、家政婦さんの料理も案外とかたよってしまう。結局、雇い主の好きなものだ

けを作るようになるしね。それより早く家庭を持ちなさい」

　検診の度に文句を言われて退院した。退院の前夜、S先生と二人で銀座に飲みに出かけた。梯子《はしご》酒をしているうちに二人ともベロベロになってしまい、タクシー乗り場まで千鳥足で歩いた。

　途中、屋台のラーメン屋があった。私はちょっと腹が空いていたので、

「先生、ラーメンでも食べませんか？」

　と声をかけると、

「何か食べると、酒が美味くない。それが酒飲みのせりふか」

　と怒鳴られた。私はこういうタイプのお医者さんが大好きである。


　夕方、久し振りに自分でカレーを作ってみようと思い、材料を買いに表へ出た。通りを歩いていると、パチンコ店の新装開店の旗が並んでいた。買い物をする前に少し打ってみようと思った。

　新装開店はよく玉が出る。夢中になっているうちに店のスピーカーから〝蛍の光〟が流れ出した。店を出た。近くのスーパーも食堂も皆閉まっていた。

　しかたなしに、立食いソバのカレーうどんを食べてから、酒場に向かった。

インド人もびっくり

赤瀬川原平

今日の夕食はカレーライスだった。自宅のカレーライスである。

最近は外であまりカレーライスを食べたことがない。レストランで何か食べようとメニューを見ながら、カレーライスはいつも除外される。カレーなんていつでも食べられるではないか、と思うのである。せっかく外で何か食べるんだから、もっと何かちゃんとしたものを食べようと思うのである。

ちゃんとしたもの。

カレーライスというのは可哀相だ。ちゃんとしてないみたいに思われているのだから。

本当はそうではない。カレーライスはもっとも安全な食品なのである。麻雀でいうと安全パイだ。はじめてのレストランで様子のわからぬときにカレーライスを注文すれば、そう大きくはずれる、つまりそれほどマズイということはないものである。メニューを見ながら何にしようかと迷って決断のつかぬときは、カレーライスにしておくのがまず無難であり、間違いがない。

というところがカレーライスの悲哀なのだった。間違いがないものだから、まず最初に除外される。いつでも食べられるんだから、何もいま食べることはない、と思われてしまうのである。ああ可哀相なカレーライス。

で今日の夕食はカレーライスだった。自宅のカレーライスというのはある安定した間隔をもって食卓にのぼる。十日に一回とか、月に一回とか。

これも安全パイだからこそそうなるのであるが、自宅のカレーライスの場合はそういう食べられ方が自然であり、そこが外でのカレーライスと違うところだ。

味も違う。味はもちろんレストランによっても違うのだけど、うちには子供がいるのだ。こんど中学一年生。もう大人に近いのだけど、やはり電車に乗るときはまだ子供料金であり、カレーライスはあまり辛いのが食べられない。これが問題である。子供のうちにあまり辛いのを食べるとバカになるというが、あれは本当に正しい理論なのだろうか。

私は前述のように外食であまりカレーライスを選ばないので、それを食べるときはだいたい自宅ということになる。ところが子供がいるので、ピリッと辛いのを食べることができない。このことを考えるだけでも、子供というのは早く大人になって家を出ていくべきである。家の中でいつまでも甘いカレーライスを食べていていいのか。

まだ中学の一年生だからやむを得ないが、しかしあと三年ぐらいガマンして、高校ぐらいになればピリッと辛いカレーライスにしたいと思う。もう高校になれば脳ミソも固まって、新たにバカになるということもできないだろう。

しかし私の子供のころは、カレーライスといえばピリピリと辛かった。その辛さはもう逃れられぬものだと思い諦め、食卓には必ずコップに水を用意して、その冷たさで口の中をなだめながらフーフーと熱いのを頰張っていた。それが本当のカレーライスというものではなかったのか。

なんて正義を叫ぼうというわけではないのだけど、今日の夕食はカレーライスだった。ひとつ不思議なのは、ジャガ芋が入ってないことである。トロリと溶けたルウの中に、肉や人参や玉ねぎといったものは散見するが、期待のジャガ芋というものが見当らない。

これはニョーボーの作品である。ニョーボーはジャガ芋が好きではない。しかし自分が嫌いだからといってジャガ芋をカレーに入れないということが許されていいものだろうか。

というような家庭料理に対する不満は、全国のご家庭の男女諸君も互いに持ちつ持たれつしていることだろう。

かくいう私はジャガ芋、とりわけカレーライスの中のジャガ芋が好きなのだ。ここに家庭悲劇の発生する毒の種が、あのジャガ芋の芽のように埋め込まれているのであるが、あれは青酸が含まれているので必ず包丁の角のところでグリッと抉り取っておく必要がある。

いや、そのあたりの常識問題はともかく、カレーライスの中のジャガ芋の好きな人は、やはり戦後の食糧難を生き抜いてきた人々だろう。ジャガ芋の味もさることながら、あのゴロリとしたボリュームが何とも心強く感じられるのだ。

それと同じ原理なのか、あのころのカレーライスにはごってりとメリケン粉が入っていた。最近ではシャブシャブ状でライスの中にしみ通るほどの水っぽいカレールウがナウイというか、ポストモダンというか、ハウスマヌカンというか、何だか信奉されているみたいだけど、まあそれもいいだろう。でも昔のカレーライスというのは粘土みたいに固かったのだ。

これは誇張ではなくて、半分残したカレールウを明くる日鍋の蓋を取ってみると、もう糊《のり》というか味噌というか、酷《むご》いときは全体が玄米パンみたいな固まりになっていたものである。それほどにメリケン粉が混入してほとんどそれが本体となっており、そのことが豊かさの象徴とされた。

とにかくお腹いっぱいという第一目的を絶対に外すことはできなかったのである。そして辛かった。いまみたいにバーモントカレーとかいろいろ加工されて、しかも辛さの表示1とか2とかあるのを選べるわけではなくて、すべてを素材から調理した上で缶入りのカレー粉をどどっと入れるのである。せっかくカレーライスを食べるのに辛くしないという理由がなかった。つまり家庭でカレーライスを食べるというときには何か意気込みがあり、それは祝祭であったのである。

まったく日本人というのは、異文化を引き入れて神に祭り上げるのがうまい。

前に新幹線に乗ってカレーライスを食べたことがあった。ビュッフェに行ったら混んでいたのでカレーライスを注文した。そうでなくても新幹線のビュッフェに行くと、これはもう忙しいんだからカレーライスでもいいのだと自然に思う。それが臨時的な場所のレストランだからだろうか。だからといって注文されるカレーライスの立場がまた可哀相なのではあるが、しかしその場所でのカレーライスは、気持のムリなく注文できる。

でカレーライスを頼んで、そういう場所だから当然混んでいてテーブルは相席だけど、頼んでからやれやれとホッとして前を見ると、テーブルの向いにはインド人がいたのだ。

このときは恥しかったね。しまった、と思った。別に悪いことはしていないのだけど、消え入りたいくらいだった。片足のない人の前で、

「足……」

と言ってしまったようなものなのである。やがてカレーライスが運ばれてきて、私はふつうにスプーンで掬《すく》いながら食べたのだけど、何だか顔が真っ赤になった。カレーライスが足みたいになって喉につっかえてしまう。それをとにかく急いで飲み込みながら、向いのインド人の顔はとても見られなかった。だからそのインド人が私のカレーライスの、とくにラッキョーと福神漬を見ていたかどうか、それはわからない。まったく自意識過剰の話ではあるが。

カレーライス

久住昌之

カレーライスも危険な食べ物だ。

あの匂いには、食い意地を凶暴化させる何かがある。

空腹時に吸引すると食欲が瞬間沸騰《ふっとう》する。

家でカレーライスをやると、絶対に二皿以上食べる。腹が完全にいっぱいになるまで食べないと、胃袋が納得できない。

最後の半杯は皿を片づけに行った台所に立って食う。どうかしてる。わかっている。行儀悪い。自覚してる。でもそんな自分を止められない。

ガツガツ食う。少し冷めたのを、少し冷めた飯にかけたのもウマイ。完全に冷えたのを熱い飯にかけてもウマイ。熱くないからスピードがつく。速すぎて実は味もよくワカンナイ。でもいい。

皿に口を寄せて、スプーンで掻《か》き込みながら、こっちからも吸うようにして食ってる。下品極まりない。犬以下かもしれない。

こういうカレーの食い方だから、具として骨付き鶏肉《とり》みたいなのは煩《わずら》わしい。骨から肉をはずすのがメンドイ。

飯にレーズンを二、三粒乗っけるなんて、新婚さんいらっしゃいってな、小っ恥《こ》ずかしいことはやめていただきたい。レーズン、拒否。アーモンドの薄切りみたいのもパス。飾りいらねえ。

野菜だ肉だが全部ごった煮になってもう細かくなっちゃって、内容物がよくわからなくなっちゃってるのが、ガツガツ食うには面倒くさくなくて、ありがたい。

ジャガイモゴロゴロ、牛肉塊ゴロゴロも、

「なんだいそのこれ見よがしなわざとらしい演出は?」

と難癖《なんくせ》つけたくなったりする。

「なに、その田舎カレーって。君そんなに田舎が好きなの? 早く引っ越せよ」

調子づいてる、俺。ゴメン、カレーのせい。カレーの魔性のせいで、自分を今見失ってる。

ホントは何でもいいんだ。いろんなカレーがある。いろんなカレーが好き。

でも「田舎」とかカレーにヘンな冠をのせないで欲しい。「薬膳《やくぜん》カレー」とか、ややこしいこと言わないでよ。カレーは元来、薬膳な食べ物です。はいおしまい。食べよう。

また文句言っちゃった、ゴメン。どうかしてる。カレーのせい。

理屈を言わなくても、あの匂いにかき立てられて、本能のままにかき込めば、おいしさなんてあとからついて来るんだ。

おいしさがあとからついてくる。

そう、それが俺の考える理想の料理かもしれない。

まず食い意地が前面に出てしまう。

理性を越えて、思わず知らず鼻がくんくん手が動き、口が開いて、食べ物を取り込み、アゴが運動、歯が嚙《か》み砕き、舌が働き、ごくんと喉《のど》を通って、胃の腑《ふ》に食べ物が落ちていく。

それが繰り返されるうち、その一連から沸き起こるおいしさに、頭がだんだん追いついていく。

そして気がつくと食べ終わっていて、得体の知れない確かな幸福感に包まれている。

これが俺の理想の食事だ。

すごい結論が出てきてしまった。

これでは野蛮人だ。理性はどこだ。マナーはどこだ。それじゃ、食事じゃない、ほとんど餌《えさ》だ。

でもこの俺を野蛮人にしてくれる、狂わせてくれる、そういう魔術的な食べ物がカレーなのだ。あの匂いにはインドの呪いがかかっている。あの辛さには理性を失わせる魔性がある。

そんなふうにして、脇目《わきめ》も振らず食いまくって、最後に腹いっぱいだというのにコップの水をゴクゴク飲んで、口のまわりを拭《ふ》いて、

「あー！　食ったぁ！　ぷしぇー！」

とか意味不明の雄叫《おたけ》びを残し食事が終わる。

他のおかずがあっても、見えない。昨日の残りの煮物？　あったっけ？　どこに？　あそう。知らなかった。え、サラダも？　へー。あーお腹《なか》いっぱい。ちょっとゴロンとしよう。

これが家《うち》のカレーライスの夕食だ。

家のカレーと、店で食べるカレーの大きな違いは、とにかく何杯もお代わりして、ガンガン食べられること。冷たいの食べたり、立って食べたり、食い終わってすぐ寝

そべったり、野放図が出来ること。
それ前提で喰いにかかるのが、家のカレーだ。心構えが全然違う。
残ったら翌日もカレー。
全然苦じゃない。むしろ味が馴染《なじ》んで狂おしいウマさが立ち上り、ひと口食うと、
また新鮮な食い意地が産声《うぶごえ》を上げる。
朝からカレー。オッケー。昼もカレー？　了解、全然オッケー。
外では、こうはいかないから、現代人的に食べている。
うん、やっぱり全然別物だな。
でも、いくつかの店のカレーの味は舌に完全に刷り込まれている。
ある店は、野菜カレーがおいしい。すごく辛いのに、飲み込んだ瞬間、口の中から
辛みが忽然《こつぜん》と消えて無くなる。
ある店は、すごく黒い色をしていて、謎《なぞ》のスパイスが飯を異様にうまく感じさせる。
ある店はジャガイモ、肉、が塊で入ってるのに、ルーはパシャパシャで、真っ黄色
で、オマケにスッゴク辛くて、お水が何杯もいる。でもやめられない。食べて一か月
ぐらいすると、猛烈に食べたくなり、覚悟して食べると、信じられないことに、前よ
り辛くない。味が変わったのかと思うが、食べ進むうちに「やっぱりこれだ」と確信

がでてくる。通うほど辛くなくなり、代わりに甘みさえ感じるようになる。その店は今は閉店した。どれだけ多くの人がその禁断症状に苦しんだことだろうか。

俺はそれらの店の味を、いつでも口の中に思い出すことができる。

味を思い出す、ってヘンな感覚だ。手が届きそうで届かないような、もどかしさを伴う。

そういう店がある街に行くときは、家を出るときからそわそわしてしまう。

これを書きながら、明日の昼は絶対カレーライスと決めている俺がいる。さて、どこにしようかな。

カレーのマナー

泉　麻人

いわゆる駅のスタンドもののなかでは、カレーが圧倒的に好きだ。立ち喰いソバも、外にたちこめてくる匂いまでは好きなのだが、どうも匂いと味のギャップが大きい。確かになかには旨い立ち喰いソバもあるのだろうが、僕はあまりいいのに当たった経験がない。だいたい、ソバ、ラーメンといった麺関係よりもメシモノのほうに胃がゆらぐ性質《たち》である。

というわけで、乗り継ぎ駅などでササッとメシをかっ喰《こ》まなくてはならないとき、大概、スタンドカレー屋の類いを探す（ま、スタンドと言っても、この場合はカウンター席のあるその手の店も含む）。

カレーの場合、よっぽど調合に問題があるようなゲテモノ以外、許せる。高級インド料理店の本格派カリーよりもむしろ、僕はスタンドカレー屋の「まぁまぁくらい」

のカレーのほうが好みだ。無論、そういう店のハヤシライスなんかもいい。

一度だけ「二度と来るまい」と決意したカレー屋が高田馬場駅前にある。そこはカレー以外に、ラーメン、焼きソバなんてものまでやっている。その時点で「しまった！」と思ったのだが、腹具合と時間の制約の都合で、妥協した。出されたポークカレーは予想通り、ひどい有様であった。

黄褐色のカレー色の所々に、黒い粒子がボツボツと浮きあがっているのだ。何かな、と思いつつも口に運んでみると、ガリッガリッ。歯に硬い小石を噛み潰すような感触があり、次の瞬間、じんわぁっと鼻奥を刺す苦味を感じた。

黒胡椒だ。五ミリ大の黒胡椒の粒がボツボツと入っているのだ。辛いカレーに弱いわけではないが、そのカレーの黒胡椒の量は尋常ではない。「黒胡椒カレー」と初めから銘打ったほうがいいほど、黒胡椒に依存したカレーなのだ。常連らしき人たちは、さも当然といった風にその〝黒ボツボツ・カレー〟を口に運んでいたが、僕はさすがにリタイアした。

カレーを注文すると、スプーンがコップの水に浸って出てくる店がいまだにある。いまだ、というのは、ひと頃この流儀がやたらとハヤった時期があった。僕が中学生の頃、七〇年代初頭の頃だったろうか。

中学時代、サッカーの試合で二子玉川あたりのグラウンドに行った帰り、駅前にできたばかりの高島屋の食堂に入った。カレーを注文すると、最初からコップ水にスプーンは浸っていなかったものの、向かいの先輩がきどった顔で言った。「おいおい、カレーってのはスプーンを水に浸けてから、食べるものだぜ！」

皆、先輩に倣《なら》って、スプーンをコップの水に浸してはカレーを口に運び、また浸してはカレーを……。水はまもなくカレーの残りカスで黄色いモヤモヤ状態になった。

いまや、ここまで丹念にそのマナーを守っている人間はスタンドカレー屋でも見掛けない。しかし、いったい誰が発案したマナーなのであろう。

セントルイス・カレーライス・ブルース

井上ひさし

戦争が終わって間もないころから昭和三十年代の初めごろまでの十数年間は、あのすばらしいストリップショーの黄金時代だった。

ここに云《い》うストリップショーとは、現在おこなわれているような、観客の紳士《しんし》諸君の下半身とヌードダンサーたちの下半身とを一直線で結ぶ即物《そくぶつ》主義の性器開陳会《かいちんかい》とは、根本から発想のちがう演出《だしもの》である。現在のものを衛生博覧会まがいの代物とするなら、あのころのストリップショーは一個の、歴とした演劇表現だった。とりわけショーと併演《へいえん》されていた芝居《しばい》のおもしろさといったらもう……と、どうしても現在のヌードショーを貶《おとし》めるような言い方になってしまうのは、当時、ストリップ劇場で文芸部員をしていたからで、ただそれだけのこと、別に現在のヌードさんに恨《うら》みはありません。

あの時分のストリップショーは、その手本を、パリのフォリーベルジェールやニューヨークのジーグフェルドのショーに仰ぎながら、観客をティーズ（思わせぶりにじらす、の意）するダンスとギャグ（笑わせる工夫、の意）とを正面に押し立てて、たしかに女性の体のまばゆいばかりの美しさをみごとに表現していたように思う……と、いくら書いたところで、あのころのストリップショーの魅力《みりょく》を文章で分かっていただくのはむずかしい。ヴェニスの観光地図を見せて、「ヴェニスの大運河はすばらしい」と云っているようなもので、面倒な言い方をすれば隔靴《かっか》掻痒《そうよう》というやつである。そこでたいていはこのへんで筆先をほかへそらせてしまうのだが、最近、力強い味方が現れた。このほど上梓《じょうし》された橋本与志夫《よしお》氏の『ヌードさん』（筑摩書房）は、当時のストリッパーたちの歴史的な写真（私にはそれ以外に言いようがない）を満載して、読者の魂を往時のストリップ劇場の観客席や楽屋へ一気に引っさらって行ってくれる貴重な本である。どうかお求めいただきたい。そしたらうんと説明がしやすくなる。

中でも、見開き二ページにわたる浅草フランス座のフィナーレの写真には圧倒された……このページだけでも立ち見をしていただきたいぐらいだが、踊り子さんとヌードさん合わせて二十三人、舞台狭しと（当時のストリップ劇場の舞台はほんとうに狭かった。中で浅草フランス座は業界第一の面積の広さを誇っていたが、それでも新宿紀伊國屋ホールの舞台ぐらいしかなかった）踊っている。玉川みどり、河原千鳥、月野初子、高原由紀、マヤ鮎川《あゆかわ》……みんな懐かしい女《ひと》たちばかりだ。

そして、ここが大事なところなのだが、下手の黒幕の向こう側では、私たち文芸部進行係が、緞帳《どんちょう》を下ろす頃合いを窺《うかが》いながら、数台の電気コンロに数個の飯盒《はんごう》をのせて、セントルイスのカレー汁《じる》を煮《に》ていたはずである。

ところで、私は食べ物というものにまったく関心がなく、白米の御飯があればそれで満足、あとは出されたものをただ食べるだけの、じつにつまらない人間である。どういう食べ物を「ごちそう」というのかも分からず、したがってこの解説にしても書きようがなくて、こうやってしきりに油を売っているのだが、前出の『ヌードさん』には、ストリップ劇場における「踊り子の階層」についての説明が省略してあるので、そのあたりへ筆を遠征させて、今後もできるだけ「ごちそう」には近づかないようにしたい。踊り子の階層についての説明がどうして大切かと云えば、それで給料はじめ楽屋の割《わ》り振《ふ》りなど、待遇がまるでちがってくるからである。

まず、見習踊り子さん。浅草フランス座は小規模ながら、舞台ダンサーの養成所を持っていた。新聞広告を見てやってきた娘さん、支配人が銭湯からスカウトしてきたお嬢さん、夫に急死されて糧道《りょうどう》を断たれた若い未亡人、そういった素人さんたちが、数週間、稽古場できびしく鍛え上げられて、舞台に上がってくる。彼女たちはオープニングや真ん中へんの小フィナーレやおしまいの大フィナーレで、観客からできるだけ離れて（ということは舞台の奥の方で）踊る。衣裳の面積は広く、武骨な乳当《ちちあ》てをし、下半身は半ズボンを縮ませたようなもので覆っている。給料は五、六千円といったところ。ちなみに私たち文芸部進行係の月給は三千円で、もりそばを百枚もたべればなくなってしまった。

見習の上に、踊り子さん階級がある。ここへはダンスに上達し、舞台にも慣れた見習踊り子さんたちが昇進してくるが、そのほかにも日劇ダンシングチームやＳＫＤから横滑りしてくる女《ひと》も多かった。そんなわけで踊り子さんたちはみんな上手に踊った。この中からショーと併演される芝居の方へ出演するひともいて、いわばこの階級が劇場の実質的な担い手だったといってよい。玉川みどりや河原千鳥は、渥美清《あつみきよし》や長門勇《ながといさむ》や谷幹一《かんいち》と四つに組んで客席を沸かせ、女優としての才能も見せていた。これら踊り子さんたちの月給は二万前後、衣裳面積はやや小さくなり、それと反比例して衣裳のデザインは派手になる。しかしストリッパーの証であるツンパ（布地をぎりぎりまで節約した一種のパンティ）は、はいていない。ツンパをはくのは、その上のセミヌードさん、そして股間にバタフライを舞わせて踊るのは劇場の花形、ヌードさんだけである。

セミヌードさんとヌードさんとの、もっとも大きなちがいは、乳房を出すか出さないかにある。出せば月給は十万を超え、出さなければ八万どまりである。そこで支配人は、「出せば出す出さねば出さぬギャラなれど出してくれなきゃ小屋はつぶれる」といった式の、わかるようでいてよくわからない文句を短冊に書いて事務室に貼り出していた。

観客の人気は主として、踊り子さんたちに集まる。セミヌードさんやヌードさんたちは、あっちこっちの小屋から声がかかり、どうしてもギャラのいい方へ動いてしまうから、馴染みの客をつくる暇がないのである。それに彼女たちのほとんどにヒモがついている。客は敏感だから、それほど気を入れて贔屓《ひいき》したりしない。

ところが踊り子さんたちは小屋に居つく。客の立場から云えば、「いつ行っても、あの女《こ》がいる。またあの女《こ》を観に行ってやろう」ということになる。こうして楽屋は、そういった贔屓客からの差し入れで賑やかになる。では客たちはどんなものを差し入れしたのだろうか。永井《ながい》荷風《かふう》や高見順やサトウハチローたちが根城にしていた国際通りの喫茶店、「セントルイス」特製のカレーライスが、断然、他を圧していた。毎日のようにカレー汁と白飯が届くのである。その汁を飯盒に集めて水を差し、薄くのばして量をふやすのが、私たち進行係の、なにより大事な仕事だった。こうして何倍にもふえたカレー汁は、午後遅く、楽屋中に振る舞われた。そして私たちの分け前は、踊り子さんたちの好意で飯盒の内側にたっぷりとこびりついて残されたカレー汁で、ここに白飯を放り込んで食べるのである。味音痴にもあれだけはおいしかった。たぶん踊り子さんたちの心意気のようなもので味付けされていたからおいしかったのだろう。そういうわけで、『ヌードさん』の見開き写真からはカレーの匂《にお》いが立ち上っている。

処女作前後　ライス・カレー

小津安二郎

　この頃の若い人たちが演出家として一本になるのは、なかなか困難だが、私はまことにめぐまれていて、ライス・カレーのおかげで監督になった。蒲田に撮影所があった頃私は大久保忠素氏の助手であった。監督は大変いばっていたが、助手となると下働き同様で、何から何までやらねばならなかったから煙草をすうひまさえない位の重労働で、いつも腹をへらしていた。楽しみといえばたべることしかなかった。

　ある日、撮影が長びいて、夜食の時間になっても終りそうでない。疲れてくるし腹はへってくる。それでも大久保さんは何だかんだといい乍ら仕事をやめない。別段、夜業までやるほど立派な写真でもあるまいに—などとますます腹の虫がおさまらない。

　それでも、やっとクランクが終って夜食となった。食堂では順番にならぶが、早く坐った方が早いとこ有りつくという順番であるから、私は急いで食卓についた。

湯気の立ったライス・カレーが端から順々に配給される。カレーのいい匂いが腹にしみる。やがて自分のところへ来るだろうと、唾を溜めているところへ、監督さんが入って来て卓についた。当然、次は自分の番だと思っていたら、その皿が監督さんの前におかれたのである。私は憤然として「順番だぞ」と叫んだ。と助手は後まわしだと誰かが云った。何を！とその誰かを見さだめる間なく立上って殴ろうとしたら、誰かがとめた。けれど「早くめしを持って来い、順番だ！」とどなりつづけていた。もちろん、盛りのいいカレーをたべたことは間ちがいなくたべた。

この行為が、当時の所長城戸四郎氏につたえられた。「面白い奴だ」と思ったかどうか知らぬが、翌月、私にも「一本とって見給え」ということになって時代劇「懺悔の刃」という六巻物にとりかかった。

何も頭がよかったでもなし、腕をみとめられたわけでもない。唯々カレー・ライスのおかげだったのである。一九二七年の春の頃だったと思う。

カレーライス

山口　瞳

カレーライスかライスカレーかということがある。御飯のうえにカレーがのっかっているのがライスカレーだそうである。御飯を避けて脇の方にカレーがあるのがカレーライスであるそうだ。どうもよくわからない。

私にとっては、そとの食堂でたべるのがカレーライスである。家で女房のつくるのがライスカレーである。

たとえばどこかへ旅行したとして、旅先きの途中の駅でおりて昼食するとなると私はメニューを見ないでカレーライスといってしまう。二食つきいくらという旅館の二食は朝食と夕食であって、昼食はない。昼食にはカレーライスを頼んでしまう。

カレーライスというものはどの店でも味がすこしずつちがう。どこの家庭でもつくるが、どこへいって御馳走になってもすこしずつ味がちがう。

どの店でも味がちがうということは不安であるはずなのに、私ははじめての店ではカレーライスを注文してしまう。なぜかというと、カレーライスはまずくてもいいからである。ちえっ、まずいね、このカレーライスは、と思ったことがない。まずくてもいいのである。まずければ不味いなりの妙味があるから妙である。八十円の店でも百円の店でも、小海老《えび》入り三百八十五円というホテルのグリルのやつでもよい。カレーライスはうまいからいいというのとわけがちがうようである。とびきり上等でうまくて仕方がないカレーライスなんて気味がわるい。

いけないのは特製カレーライスである。これが田舎に多い。

「カレーライス！」

というと、女の子が、

「スペシャルですか？」

ときく。スペシャルのほうがきっとうまいだろうと思って頼むと、生ま卵がのっかってくる。味がうすくなるから、そのために味がよくなるということはない。そもそもスペシャルという根性がよろしくない。

スペシャルは、カレーと飯とが別々になって出てくるやつという店がある。あれもどうもよろしくない。カレーの分量と飯の分量をはらはらしながら見較べて食べおわるというのが不安で仕方がない。

カレーライスというのは、御飯のうえにかけて食べるのだから一緒盛りにしてもってきていただきたい。カレーだけをスプーンで飲むということは考えられないのだから。

うなぎなら、うなぎで酒を飲み、御新香で御飯を食べることができるから、かならずしも一緒盛りのうな丼、うな重である必要はない。天丼もしかり。

私はどこへ行ってもカレーライスを頼む。カレーライスを食べたいというよりは、この店のカレーライスはどういう味だろうか、という興味があるからだ。ただし、そば屋へ行ってカレーうどんを頼むということはしない。カレーうどんは小学校の教員室を連想させる。どういうわけか分らないがなんとなくそんな感じがする。カレーうどんの似合う男というのは実直で小心で、すこし喰い意地のきたない男というふうに連想される。

ラッキョーがたべたい、福神漬がたべたいというときにどうするか。ラッキョーや福神漬をツキダシにする呑み屋や、それを喰わせる料理屋はまずないといっていいだろう。ラッキョーがたべたいというと嘘みたいにきこえるだろうが、私の大好物であって、時にふいと食べたくなるのである。それも、あまりうまいまずいと関係がない。私以外にもそういう男がいるのであって、六代目菊五郎は死ぬときに「桃屋の花ラッキョーがたべたい」といったそうである。

私のラッキョー好きは六代目の影響かもしれない。戦争末期に赤垣源蔵に扮したつまらない芝居があって、六代目はミカンをたべながら花道をひっこんだが、私は六代目の落した食べかけのミカンをひろって家へ持ってかえったことがある。

ラッキョーが食べたいときにカレーライスを食べるということがある。その意味でもカレーライスは有難いのだ。

関西人と食べものの話をするのはあじけない。どこかで話がくいちがってしまう。つまり、私にとっては、食べものというものはそんなにうまくなくてもいいのだ、というあたりの心持ちを理解してもらえないのだ。このへんが肝腎なところである。なぜ食べものはうまくなくてはいけないのだろうか。私には御飯と御新香がありさえすればほんとうはそれでよろしいのだ。ただし、御飯と御新香のまずい店というのは絶対に信用できない。

東京大学の出身者で、駒場と本郷の四年間にカレーライスしか食べなかったという男がいる。これはどうもちょっといきすぎではあるまいか。偏食というものである。サラリーマンになったいまはそんなことはないが、その男に会うと私は黄色の印象をうける。

＊　＊

酒場だけでしかあわない友人がいる。夜のおつきあいしかない。その人の名をかりに小林さんとしておこう、よくある名前だから。

小林さんはオツマミを絶対に食べない。ウイスキーの水割りを飲むだけである。終始かわらぬピッチで飲み、十時ごろ帰ってゆく。

私には小林さんが食事をするときの様子というものが想像できない。どういう具合に食事するのだろうか。

一度だけ小林さんと一緒に料理屋へいったことがある。取材のために小林さんの知人である外務省づめの新聞記者を紹介してもらったのである。そこはスキヤキ屋で、小林さんはやっぱりウイスキーの水割りを飲み、すぐ話に熱中して、いつもよりは早く酔ったようだ。

女中さんが小林さんのお皿に肉やネギやシラタキを盛るのだが、いっこうに手をつけない。さめるとまずくなりますからといってお皿を何度もとりかえるが決して箸をつけない。私は御飯をたべ新聞記者は海苔茶漬をたべた。デザートは何にしますかと女中さんがきいた。私がイチゴで新聞記者はメロンを食べた。女中さんは小林さんにもデザートをきいた。

「え、なに？　私？　果物？　あ、そうだ、ミカン、ミカン」

と小林さんは早口に言った。そのミカンもたべなかった。オーバーのポケットへいれて帰ったらいいのにと思ったが、それもしなかった。

小林さんと同じ会社に勤めている若い人に会ったとき、彼の食事についてきいてみた。小林さんは昼食は食べるそうだ。毎日七十円のカレーライスだという。庶務係りの女の子がメニューをもって注文をききにくる。小林さんはすぐにはカレーライスといわないそうだ。メニューをもったまま、しばらく考える。しばらく考えてから、

「そうだな、カレーライス」

と言う。女の子は小林さんの注文がわかっているのに、彼が考えている間、じっと待っているという。

私は小林さんが好きだ。すくなくとも、うまい小料理屋を何軒も知っていて、食べおわって、ふうとタメイキをついて「ああうまかった」と言う癖のある友人よりは好きだ。食べものなんてそんなにうまいものである必要はない。

カツカレーの町

ねじめ正一

カツ。カレー。カツカレー。

誰が考え出した食べ物かは私は知らない。

カツ。カレー。カツカレー。

カロリーみなぎる胃袋を刺激する嵐の食べ物。栄養満点するカツの上にカレーをのせる二重構造爆弾。こんなうまくてこんな栄養のある食べ物は歴史上かってなかった。その証拠に土井勝の料理本の中にカツカレーに触れた文章はどこにもない。料理研究家土井勝もカツカレーだけは手を染めることをしなかった。その証拠に土井勝の料理本の中にカツカレーに触れた文章はどこにもない。

カツカレーはそれだけ危険な食べ物なのだ。アルキメデス原理を越える食欲の表面張力なのだ。カツカレー。そのカツとカレーを合わせただけのネーミングだが、カツカレーとなると、別の食べ物となる。

カロリーの高さは他の食物の追従を許さない。

カツカレーという名前を呟いただけで血が騒ぐ。元気が狂ってくる。カツカレーのカツは薄い方がうまい。もちろんカレー味は辛味十分な方がいい。私はカツカレーが食べたい。一週間前から食べたい。食べたい意欲が一日一日激しくなってきて、不味いカツカレーなんてとんでもない。何が何でも不味いカツカレーはイヤだ。モツ鍋も近ごろではデカイ面をしてきたが、カツカレーと比べたら屁みたいなものだ。モツ鍋はモツと鍋が合わさっただけである。それ以上でもそれ以下でもない。カツカレーの派手さとくらべたら問題にならない。私はカツカレーが食べたい。一週間もカツカレーを食べたいのを辛抱してきたのだから、旨いカツカレーが食べたい。当たり前である。

カツもうまい。カレーもうまい。このふたつが重なってカツカレーとなってもさらに旨い。私はカツカレーが食べたい。「インドベラ」という名のカレー屋に入った。店内はお客でいっぱいだ。カウンターの席に身を細めて座り、店内を見渡すと、**食べているのは間はぜったい読書をしないでください**と書かれた壁の貼り紙が目に入った。ぜったいという文字だけは赤マジックで書かれていて、まさしくこのことを守らなかったら、ぜったい許さないぞという雰囲気が伝わってきた。

この店の主人の若者への一喝である。その証拠に店内は学生風の客でいっぱいだ。しかも、この店はカツカレーが自慢なのだ。右隣の客もカツカレー。左隣の客もカツカレー。店の奥のテーブルに座っている四人の客もカツカレー。店の脇に座るカップルの客もカツカレー。店の正面の大きなテーブルに座る六人の客もカツカレー。

つまり、この店にいる客は全員カツカレーを食べているのだ。あの壁の貼り紙のぜったいという赤い文字の意気込みならば、カツカレーはぜったいうまいに決まっている。ぜったい。ぜったい。ぜったい。ぜったいうまいに決まっている。隣の男もカツカレーをぜったいうまそうに食べている。カツカレーの量もぜったいにすごい。大きなカツがぜったいにのっていて、そのカツの上にカレーがぜったいたっぷりかかっている。

私はカツカレーを注文した。カツカレーを待っている間も次から次へお客が「インドベラ」に入ってくる。相席どころか、ひとつの椅子に二人座り相椅子である。「インドベラ」を出ていくお客もきれいにカツカレーを平らげている。残して出ていくお客はいない。「はい、お待ちどうさま」と私の目の前に白い皿にのったカツカレーが置かれる瞬間に店の主人は「ソースはかけないでください」と言った。

カツにはソースをかけるが、カツカレーにはソースを一度もかけたことがない。私のことが学生に見えたのだ。そうなのだ。カツカレーのうまさからくる自信で私のことを学生とまちがえたのだ。

カツカレーへの大いなる自信だ。「インドベラ」の主人が偉く感じてくる。「インドベラ」のカツカレーに後光が射してくる。カツカレーはカツがミソなのだ。ソースなんぞをかけられてはプライドにソースをかけられると思ったのだ。ブルドックソースでもダメなのだ。お多福ソースでもダメなのだ。

そう思うと。ひさしぶりに学生と見られたことも光栄である。白皿に盛られたカツカレー。でかいカツ。たっぷりかかったカレー。でかいたっぷりのカツカレー。どこから食べていいのかと迷うことなく、カツを食べるときは左端から。カレーを食べるときは右端から。カツカレーを食べるときは真ん中からだ。ゆっくりカツカレーを口にした。ううっまずい。ううう水っぽくて風味がない。うううううっカツの衣がうううううううううっほぐれてしまった。おまけにカツカレーのカツの肉がうううつかたい。うううううっかたすぎて嚙んでも嚙んでも切れない。うううううううう。食べ残してしまった。

口のまわりについたカレーをナプキンで拭き取って、私は立ち上がった。カウンターで食べているお客のうしろを通ってレジーでお金を払おうとしたら、店の主人が「残しましたね」と言うがはやいか、レジーにいちばん近いテーブルでカツカレーを食べていた男がカツカレーのカロリー吹ぶく嵐の勢いに押されて、立ち上がり、私の襟首をつかまえたと思ったら、カツカレーの熟練するプライドを傷つけれたようにリムジンアップする力瘤を鳴らしながら私のことを店の奥まで引きずり込んだ。カツカレーの背面集うエネルギーを溜め込み、私は顔面を殴られた。前歯が飛んだと思ったら、お客たちは食べかけのカツカレーをすばやく手に持ち、こぞってやってきて、私の顔にカツカレーを皿ごと投げつけてきた。

皿が当たって、額から血が出てきた。額の傷口にカレーがしみこみ、ひりひりする、みなぎるカツカレーの栄養を貯えたまま残りのお客たちもカツカレーのカロリー昂ぶるままに私に向かってカツカレーを皿ごと投げつけてきた。カツカレーでびちゃびちゃになった私はやっとの思いで「インドベラ」を逃げだし、助けを求めて、交番に入っていくと、巡査が奥の机に座ってカツカレーを食べていた。

私の顔を見るや、いきなり立ち上がり、カツカレーの命を遮る滅法知らずを外して、警棒を引き抜き、私の頭を殴るや、食べかけのカツカレーを皿ごと投げつけてきた。私は交番から駅の方に走っていくと、私のことをマラソンランナーを待ち構えるようにカツカレーを持った町の人達があふれんばかりに道の両側に立ち、カツカレーを皿ごと投げつけてきた。カツ。カレー。カツカレー。カロリーみなぎる胃袋を刺激するカロリーの嵐。食べる食べ物ではなく、投げる食べ物である。
カツ。カレー。カツカレーに一礼。

カレーライスとカルマ

よしもとばなな

普通の店構えなのになぜか会員制のインドカレー屋さんが、昔住んでいたところの近所にあった。マスターと親しい友だちがある日連れていってくれたので入れたのだ。ナンもカレーも全部がおいしすぎてとろけるようだった。どのカレーも手間がかかっていて、妥協のない味だった。おいしいとただひたすらに喜ぶ私を、体格のいいマスターはすっかり気に入ってくれた。

「なんで会員制なの？」と聞いたら、

「知らない人が来ると緊張するから。そうするとおいしく作れなくなっちゃうからね。一度でも来てもらったら、もう全然大丈夫だよ」と照れながら彼は言った。単にシャイなだけだったのだ。

マスターが体調を崩したときにお花を贈ったら、後日、不器用なつめ方でいろいろなサイズのタッパーに入ったカレーが何種類も届いた。温め直し方も、冷凍した場合の解凍のしかたもそれぞれ違うから、とメモがいっぱい入っていた。

お店でできたてのナンと食べるほうがやっぱりおいしかったけれど、メモにはカレーをおいしく食べてほしいという気持ちがたっぷりこもっていた。マスターがここにいるみたい、と無骨な字を見ながら、私は思った。そのときが、マスターのカレーを食べた最後になった。

彼はお店の帰りにひき逃げされ、その上搬送された病院の医療ミスで亡くなってしまったのだ。

「こんど庭にタンドリーの窯を作ってやるよ、簡単だから、一日でできるよ！　そうしたら、そこで何か焼いてやるよ」と笑顔で言っていたのに。

あのカレーの味を思い出そうとしても、だんだん遠くなってきた。それが切ない。ずっと生々しく覚えていたかったのに。

それから越した家の近所にこだわりのインドカレー屋さんができて、すっかり常連になった。

決して愛想のよくないマスターだったが、だんだん心を開いてしゃべりかけてくれるようになった。彼はしょっちゅうインドにスパイスの買い付けに行き、向こうでおいしいお店を食べ歩き、研究を重ねていた。彼がインドから帰ってくるとカレーがバージョンアップするというのが、近所では話題になっていた。

ある日、そこでカレーを食べていたら、すてきな音楽が流れてきた。

「みんなで夏の休暇に行こう、なにもかも思い通り、心配はなにもない、私にもあなたにも。陽は明るく、海は青い、映画で観たように。それを今から実際に見るんだ。夢を叶えに行こう、私もあなたも」

そんなような歌詞だった。

「この曲、なんでしたっけ？」

私は言った。

「クリフ・リチャードの『サマー・ホリデイ』かな？　有名な曲だよね。いろんな人がカバーしているよね。」

マスターは言った。

「ごちそうさま、これからインドに行かれるんですか？」

私は言った。

「うん、いろいろ楽しみなんだ。」

マスターは言った。

「戻られたらもっとおいしくなってますね、楽しみにしてます！」

私は言った。

それが最後の会話だった。

夏休みに行ったインドから帰ってきたあとすぐに、彼は交通事故で亡くなったのだった。


私はまた引っ越し、前に住んでいた町にはあまり行かなくなった。

でも、前に住んでいた町から親しいカレー屋さんが偶然引っ越してきた。そこのカレーはママの手作りで、インドカレーという名前ではあるしスパイシーなのだが、限りなく日本の「カレーライス」に近い味で、いくら食べても飽きることはない。引っ越してきてくれて、ありがたかった。

私も夫も子どもも友だちも、みんなそのお店に行って何回もカレーを食べては、おいしいカレーの幸せをかみしめた。なんてことないカレー、でも彼女にしか作れない。アシスタントさんが作ると、ほんのちょっと味が違ってしまう。

ある日、そのママの自宅の脇を歩いていたら、なにか落ちていた。死んだひな鳥だった。三羽も。巣が大きな鳥にでも襲われたのだろうか?とはじっこに寄せて手を合わせ、歩きすぎた。

でも、違ったのだ、ママの家が火事になって、いぶりだされて落ちてきたのだった。すぐに消防車が来て、それからもうほんとうにいろんなことがあった。つらいことも輝くようなかわいいことも。ママは無事だった。なにもかもなくして絶望したけど、お店を続けることにした。

よかった、三人目は死ななかった。きっと純粋なインドカレーではなく、白いご飯で食べるから、日本の「カレーライス」だからだ、きっとそうだ、と私は心の中で思った。カレーの神様ありがとう、あなたがそんなにも厳密でよかった。

こんな気味悪い話できないから、素知らぬ顔をして私は今日もそこのカレーを食べている。季節ごとの違う味の野菜が入ってもぶれない、この世にひとつしかないママだけのカレー。ママがにっこりして運んでくる。

もしもあのときママが死んじゃってたら……と思うと、涙が出てくる。

でも「大丈夫、来週も食べるもん」と思って暗い気持ちを打ち消す。

もうこわくって一生こだわりのマスターがいる行きつけのインドカレー屋さんを作りたくないと思う。

インド人だったらこれを私のカルマだと言うだろうか？

何回も思う。私のせいじゃない、絶対違うよね。でも、ちょっと思ってしまう。ママは男じゃなかったから、こだわりのインドカレーじゃなかったから、ほんとうによかったと。カレーライスばんざい、もうインドカレーなんて忘れるよ。

それとも「いや、ママが生きていたことが、私のカルマを終えたのだ」とインド人は言うだろうか。謎は一生謎のままだ。

私の記憶の中に刻まれているいろいろな味は命がけのものなのだ。

「人は生きているものを殺して食べなくては生きていけない」という意味以上に、私はほんとうに命を食べているのだ。生き抜いて、いただいたものを別の形に変えて伝えていかなくてはいけないいんだ、と心のどこかでいつも思っている。

紙のようなカレーの夢

色川武大

肝臓　赤信号。
血圧　赤信号。
中性脂肪　赤信号。
コレステロール　赤信号。
いいのは胃腸だけ。
医者がそういった。まことにごもっともである。本人が誰よりも深く頷《うなず》いている。
大通りを車で走っていると、運のわるい日は、はるか遠くまで赤信号がズラリと並んでいて動きのとれないときがあるが、ちょうどあれであって、そういうときは横丁に走りこんでもかえって車で渋滞していて、スイスイとは行きにくい。
しからばどうするか。

答は定まっている。そういうときは車に乗らなければよろしい。用事を作ったりなどして外出しなければよい。家にとじこもって寝ているに限る。

「――ですから、痩せなければいけません。痩せるにはどうすればよいか、おわかりでしょう」

「わかります。よござんす。このさい食事は全廃しましょう」

「全廃というと――?」

「禁煙でもね、一本ぐらいと思って吸うのがよくない。思いきって食事はやめて点滴にします。なアに、食事ぐらい――」

「まア、そうヤケにならず。バランスよく過食しなければいいんですから」

「しかし私はほおばらなければ喰った気がしないんです」

「それは単なる癖ですよ」

「癖です。くだらん癖ですが、三粒や四粒、飯を口の中に入れるくらいなら、絶食をして――」

「ほおばって充分に召しあがって結構ですから、これだけは守ってください。油物と塩分は極力避けてください。痩せるにはむしろこの方が効果的です。もちろん甘い物はいけません。それから主食類、含水炭素の類も、うんと少量に」

「そうすると、何が残りますか」

「豆腐なんかいいですね。植物性蛋白はいいです」

「ははア、冷奴《ひややっこ》をほおばれとおっしゃる」

「ええ、ただ、冷奴ならなるべく醬油をつけないで喰べてください」

「なるほど。納豆も醬油をつけちゃいけませんか」

「納豆はそのまま喰べるとおいしいですよ」

「そうかしら」

「よく嚙むんです。嚙むと味が出てくる」

「あとは生野菜でしょう」

「これはいくら喰べてもけっこうです。ただ、マヨネーズとかフレンチソースとかは油が多いから、使わない方がいいですが」

もちろん、医者は悪気でいっているのではない。信ずるところの医学にのっとって所信をのべているのである。しかし、長い眼で見ると、必ずしも一貫しているとは限らない。医学の進歩だか改変だかに応じて、ときに定説が逆になることがある。

私の父親の若い頃、つまり明治大正の頃は老いたらば卵で栄養をとるべし、といわれていたらしい。ところがいよいよ年をとって卵を喰おうとすると、卵はコレステロールがたまるから老人は食してはいかん、といわれた。それでは明治大正の老人はコレステロールで暴死したかというと、そうでもないようなのが不思議である。糖尿病の食事規制も内容がずいぶん変ったが、近頃はなんでもどんどん喰べた方がよいという説が現われるに至った。

海老というものはコレステロールの塊と心得ていたが、最近の説はちがうらしい。海老にはコレステロールがすくないどころか、体内のコレステロールを駆逐する働きさえするという。

こうなると、近い将来、痩せようと思ったらなんでも過食すべし、ということになるかもしれない。そうなったときに悔やまないようにしたいが、定説が必ず逆転するという保証もないから、これはばくちのようなものである。

とつおいつ考えてみるに、医者の定説をくつがえすような妙案を自分で創設しない以上、医者のご命令に従うよりほかない。ひるがえって、痩せたくないかというと、やはり痩せたいのであるから、すねた物言いをすることはまったくないのである。

もう一度昔のような軽々とした自分に戻りたい。痩せるのはいいが、あまりに規則正しく痩せるのはどうも嫌だから、ときにハメをはずしながら結局は痩せていこう。どうも人間というものは、簡単な決意をするにも手続きが面倒くさくていけない。

三週間ほど前から、食事制限を励行しはじめた。やってみると、存外に面白くないこともない。特に人前で、おっちょこちょいだから、意志が強いというところを見せたい。するとその気分が持ち越して、一人になっても何か派手に喰ってやろうという気持ちが湧かない。

昨日の食事。

朝食　豆かん（浅草〝梅むら〟のもの）

昼食　稲荷鮨《いなりずし》二個、五目おにぎり一個

夕食　そら豆、ポテトサラダ、生野菜

夜食　リンゴのすったもの、レモン

往年はこんなもの、ただの間食のかけらであった。まったく、かつては貴族の生活だった。

夕食のそら豆というのが、ことさらわびしい。そら豆は私の大好物であるが、これが主食ということになると感じがかわってくる。これは大皿いっぱいに盛ってあって、片っ端からムシャムシャとむさぼり喰べていくという恰好ではあったのだが、全部たいらげないうちに腹が一応くちくなってしまった。

ついでに記すと、この前夜の夕食も、固形物としては、豆かん一個である。ちなみに豆かんとは、寒天に赤豌豆《あかえんどう》を混ぜて黒蜜を少したらしたもの。やはり大好物ではあるが、主食というにほど遠い。たまたま編集者を誘って相撲見物に行き、昼間からちょっぴり酒を呑み、ついでにお茶屋が運んできた弁当まで喰べてしまったので、抑制が働いたのである。なにしろ相撲場のあのドまずいことで定評のある弁当を、折《おり》についた米粒をはがすようにして喰べつくしてしまったのだから。

いつもならば相撲場の帰りは、下町のうまい店をあさりにさまよい歩くのであるが、今回はおとなしく、浅草猿之助横丁の〝かいば屋〟一軒のみ。

糖尿病の大先輩の殿山泰司さんが珍しくビールを呑んでいる。アメリカのビールで軽いのだそうだ。

「殿山さん、お仲間お仲間。ぼくもドクターストップですよ」

「なんだか嬉しそうですね、ドクターストップが」

殿山さんは過ぐる年から禁酒して、そうしてヒマさえあれば酒場に居る。ジンジャエールかお茶で、酔っぱらいと一緒になって騒いでいるという人だ。こういう人と会うと酒を呑んでいるのが肩身がせまい。やっと私も天下晴れて、病人の身の上である。

「俺はドクターストップだから、うす目でない水割りを」

〝かいば屋〟の店主クマさんが笑った。

「へんな人が入って来ちゃったね」

「そのかわり、たった一杯でやめるよ」

呑んでいる間、思いついて近くの〝梅むら〟に行った。

浅草はちょうど三社祭りで、揃いの浴衣《ゆかた》を着た若い衆たちが威勢よく右往左往している。〝梅むら〟の手前の路上で、これも浴衣姿の井上ひさし夫人好子さんにばったり出会った。

「あら、どちらへ――」

「相撲の帰りでね、ちょっとそこまで、豆かんを買いに――」

「ああ、やっぱりねえ」

といって好子夫人は笑った。

「あの店、並んでますよ。お祭りだから」

私のドクターストップをうすうす知っている好子夫人は、やっぱり、隠れて甘いものを喰べてるな、と思っただろう。けれども、豆かん一個を夕食にしているとは考えつかないだろう。

そう思うと、哀しいような、誇らしいような心持がする。もっとも甘い物はやっぱりいけないので、適当に逸脱しながら、節食もしているという気分がよろしい。

食事制限をはじめて、喰べる物が一倍またおいしくなった。今、飽食しているのは海苔《のり》（それも醤油をつけないで）ぐらいなもので、なにもかも鼻クソほどのものしか喰べていない。家の中ではべつになんということもない、もうなれてしまってそれですましているが、外出したときが勝負である。一人で歩いていると、街の飲食店なるものが実に新鮮に見える。

さんざん葛藤した末に、ちょっとハメをはずしてソバ屋に入ってやろうかと思う。一杯のザルソバでハメをはずすというのが少し哀しいが、しかし何事だってハメをはずすという気分は同じで、眼の前に運ばれてきたソバの上にかがみこんで、昔の江戸っ子みたいにほとんど汁につけず（巷《ちまた》のソバ屋の汁はおおむね甘くてうすいから、昔の江戸っ子よりもなお塩味が乏しい）つるつるッとすすってほおばると、自分で感動が湧く。ふた口めはすくなめにとって、じっくり口の中で味わって、それであと一本すくいとり、汁の中の葱《ねぎ》まで喰べてしまって、まことに豪華に遊んだような気分になる。

どうも、油っこいものがいけず、塩分がいけず、甘味がだめ、澱粉《でんぷん》が駄目、それでも喰い物というものは実においしい。腹一杯喰ってもおいしいし、腹三分でとめてもおいしい。どうせ同じくおいしいのなら、腹一杯喰っちまおうかという考えもチラと出かかるが、まア今のところはこのペースを変える気はおきない。多分、節食に中毒してしまったのであろう。私は何事でもわりに中毒しやすい体質で、いったん中毒するとなかなか止まらない。

それで体重計にばかり乗っている。体重をはかるときは非常に慎重で、事前に小便をしたり、パンツ一枚になったり、余分なものは身につけない。それで、おかげさまで少しずつ減りだした。いったん減りだせばしめたもので張合いもつく。このままの勢いで突っ走って、体重がゼロになるまで行ってしまおうと思う。

私は妙なことに非常に才能がある男で、やりたいと思うことはたいがい夢で実現させてしまう。

たとえば、女性と寝ることなんてことは朝飯前である。他のお方はどうかしらないが、私の場合はいったんそういうシチュエーションになると、完全に遂行するまで眼がさめない。起きてから下半身に異常はないから、夢精とはちがう。したがって一夜に何度でも見ることができる。

こういうことを記すと、気色《きしょく》をわるくする女の方がおられると思うが、告白すると、私は世界中の美女と夢の中で寝ているのである。日本の有名美女も、私がその名と顔を知っているかぎり、私の夢の中でつきあっていただいていると覚悟していただきたい。

もっともその方々の夢の中の裸身が、現実の裸身と一致するかどうかは私にはわからない。そのうえ、いくらかものたりないのは、現実の女性の身体のみずみずしい張りが、夢の中では乏しいことである。戦争中に、物が不足している時分、芝居で饅頭《まんじゆう》など喰べる場面があると、厚紙で型をとって、中が空気という紙饅頭を役者が喰べる恰好をする。口の中でぐしゃぐしゃと嚙んで、客に見えない頃合いを見はからってそっと捨てる。

あの感じに似ていて、なんとなく紙の美女を抱いている感じがする。その欠点さえなければ、無数の美女とラヴシーンを演じているために、現実にはもう飽きた、という心境になるような気もするのだが。

夢の中で、砂塵《さじん》が巻き起こっている。かなり広い中学の運動場で、風の中で運動場に立っていると、小さな砂粒が顔に当ってくる、あの感じが蘇《よみがえ》った。私たちの中学は、東京都の敷地に養老院と一緒に建っており、養老院の人たちと同じ給食が出る。

炊事場は運動場の片隅にあって、するめという仇名《あだな》のいかついおじさんが数人の老婆と一緒に調理している。私たちは交代で週番を定めて、手押車で取りに行く。

カレーが大鍋に、ふつふつと煮えたぎっている。喰うかい、とするめがいい、大皿に盛ってくれた。かつてそんなことは一度もなかったから、これは夢だな、と思う。大きな肉の塊がひとつ入っている。それに固めのライス。アルミの匙《さじ》ひと口すくうと、辛い。

「いつもはちっとも辛くないカレーだったのに、今日のは辛いね」

というと、するめが答えた。

「作ったときは辛いんだが、運んでいるうちに辛味が飛んでしまうんだ」

それにしても辛い。肝臓にいいわけがないが、まア夢だからな、と思う。実をいうと私は辛いカレーが大好きである。

それから、じゃが芋や人参がたくさん入っている家庭のカレーがいい。その日のカレーはまことに理想的であって、ただ、ちょっと水気が不足しているのが欠点だ。なんとなく紙カレーを喰っているような気分に近い。

私はカレーを喰うときは、ライスとカレーを混ぜないで、端から行儀よく掬《すく》っていく癖があるが、ふと隣の子を見ると、まん中から匙で強引にかきまぜて、乱暴に喰べている。

ああいうふうに喰ってみたいな、と思った。

「お代り――」

といった。するめがすぐに盛ってくれる。夢のせいで簡単である。

混ぜこぜにして喰うと、またひと味ちがった。

「もう一杯喰うかい」

「ええ――」

夢だから何皿でも喰える。もっとも夢でなくたって、三皿や四皿は平気だ。

三皿めをたいらげて、やっぱり紙を喰ったような感じが気になって、もう一皿、といおうとして眼がさめた。

さめてしまえば腹には何も残っていない。ただ朝飯が欲しいと思うばかりだ。

しかし気のせいか、私は起きてすぐに、水を二杯呑んだ。

底本・著者プロフィール

「カレーライス」――『食卓の情景』新潮文庫
池波正太郎（いけなみ・しょうたろう　一九二三―一九九〇）作家。『鬼平犯科帳』『真田太平記』他
「昔カレー」――『父の詫び状』文春文庫
向田邦子（むこうだ・くにこ　一九二九―一九八一）脚本家、エッセイスト。『あ・うん』『霊長類ヒト科動物図鑑』他
「カレーと煙草」――『食べるたびに、哀しくって……』角川文庫
林真理子（はやし・まりこ　一九五四―）作家。『不機嫌な果実』『西郷どん』他
「ほんとうのライスカレー」――『井上靖全集第二十三巻』新潮社
井上靖（いのうえ・やすし　一九〇七―一九九一）作家。『闘牛』『敦煌』他
「カレーはぼくにとってアヘンである」――『青山の青空②』清水書院
安西水丸（あんざい・みずまる　一九四二―二〇一四）イラストレーター、漫画家、作家。『青インクの東京地図』『東京エレジー』他
「料理人は片づけながら仕事をする」――『女たちよ！』新潮文庫
伊丹十三（いたみ・じゅうぞう　一九三三―一九九七）映画監督、エッセイスト。『ヨーロッパ退屈日記』『日本世間噺大系』他
「カレーライス」――『マンボウ周遊券』新潮文庫

北杜夫（きた・もりお　一九二七—二〇一一）エッセイスト、精神科医。『どくとるマンボウ航海記』『楡家の人びと』他
「カレー好き」——『別冊サライ　No.10』小学館
阿川佐和子（あがわ・さわこ　一九五三—）エッセイスト、作家。『聞く力』『正義のセ』他
「夏はやっぱりカレーです」——『夜中にジャムを煮る』新潮文庫
平松洋子（ひらまつ・ようこ　一九五八—）エッセイスト。『買えない味』『肉まんを新大阪で』他
「私のカレー・ライス」——『私の作ったお惣菜』集英社文庫
宇野千代（うの・ちよ　一八九七—一九九六）作家。『おはん』『或る一人の女の話』他
「カレーライス（西欧式）、カレーライス（インド式）」——『檀流クッキング』中公文庫
檀一雄（だん・かずお　一九一二—一九七六）小説家。『真説石川五右衛門』『火宅の人』他
「カレーライスをチンケに食う」——『私、小市民の味方です。』新潮文庫
村松友視（むらまつ・ともみ　一九四〇—）作家。『私、プロレスの味方です』『時代屋の女房』他
「ライスカレー」——『味覚の記録3』文理書院
吉行淳之介（よしゆき・じゅんのすけ　一九二四—一九九四）小説家。『驟雨』『暗室』他
「歩兵の思想」——『書を捨てよ、町へ出よう』角川文庫
寺山修司（てらやま・しゅうじ　一九三五—一九八三）歌人、劇作家。『田園に死す』『あゝ、荒野』他
「議論」——『食味歳時記』中公文庫
獅子文六（しし・ぶんろく　一八九三—一九六九）作家。『てんやわんや』『悦ちゃん』他
「カレー党異聞」——『たべもの芳名録』ちくま文庫

神吉拓郎（かんき・たくろう　一九二八―一九九四）小説家。『私生活』『夢のつづき』他
「米の味・カレーの味」――『食味風々録』中公文庫
阿川弘之（あがわ・ひろゆき　一九二〇―二〇一五）作家。『雲の墓標』『山本五十六』他
「即席カレーくらべ」――『食べものの話』丸山学芸図書
吉本隆明（よしもと・たかあき　一九二四―二〇一二）詩人、評論家。『共同幻想論』『最後の親鸞』他
「大阪「自由軒」のカレー」――『スイカの丸かじり』文春文庫
東海林さだお（しょうじ・さだお　一九三七―）漫画家、エッセイスト。『タンマ君』『アサッテ君』他
「アルプスの臨界現象カレー」――『名前のない花』東京書籍
藤原新也（ふじわら・しんや　一九四四―）作家、写真家。『東京漂流』『逍遙游記』他
「洋食屋さんのキングだ」――『味憶めぐり』文春文庫
山本一力（やまもと・いちりき　一九四八―）作家。『あかね空』『ジョン・マン』他
「カツカレーの春」――『深夜草紙　partI』文春文庫
五木寛之（いつき・ひろゆき　一九三二―）作家。『青春の門』『親鸞』他
「芥子飯」――『御馳走帖』中公文庫
内田百閒（うちだ・ひゃっけん　一八八九―一九七一）作家。『冥途』『阿房列車』他
「子供の頃のカレー」――『ポケットが一杯だった頃』白夜書房
中島らも（なかじま・らも　一九五二―二〇〇四）ミュージシャン、作家。『今夜、すべてのバーで』『ガダラの豚』他

「ライスカレー」――『ぼくの裏町ぶらぶら日記』講談社
滝田ゆう（たきた・ゆう　一九三一―一九九〇）漫画家、エッセイスト。『寺島町奇譚』『滝田ゆう落語劇場（全）』他
「悪魔のライスカレー」――『食のワンダーランド』日本経済新聞社
小泉武夫（こいずみ・たけお　一九四三―）農学者、エッセイスト。『発酵食品礼讃』『くさいはうまい』他
「カレーの恥辱」――『つるつるの壺』講談社文庫
町田康（まちだ・こう　一九六二―）小説家、ミュージシャン。『告白』『ギケイキ』他
「ビルマのカレー」――『別冊サライ　No.10』小学館
古山高麗雄（ふるやま・こまお　一九二〇―二〇〇二）作家。『プレオー8の夜明け』『セミの追憶』他
「カレー中毒」――『あまカラ』甘辛社
清水幾太郎（しみず・いくたろう　一九〇七―一九八八）社会学者。『愛国心』『倫理学ノート』他
「ジョディのカレー　―インド」――『洗面器でヤギごはん』幻冬舎文庫
石田ゆうすけ（いしだ・ゆうすけ　一九六九―）エッセイスト。『行かずに死ねるか！』『道の先まで行ってやれ！』他
「インドのカレー」――『大地という名の食卓』数研出版
石川直樹（いしかわ・なおき　一九七七―）写真家。『この地球《ほし》を受け継ぐ者へ』『ぼくの道具』他
「カレー、ですか……」――『よなかの散歩』新潮文庫
角田光代（かくた・みつよ　一九六七―）小説家。『八日目の蟬』『私はあなたの記憶のなかに』他

「カレーあれこれ」――『バタをひとさじ、玉子を3コ』河出文庫
石井好子（いしい・よしこ　一九二二―二〇一〇）シャンソン歌手、エッセイスト。『巴里の空の下オムレツのにおいは流れる』『私の小さなたからもの』他
「カレーライス」――『きょうもいい塩梅』文春文庫
内館牧子（うちだて・まきこ　一九四八―）脚本家、作家。『エイジハラスメント』『終わった人』他
「カレーライス」――『神様は風来坊』文春文庫
伊集院静（いじゅういん・しずか　一九五〇―）作家、作詞家。『ノボさん　小説　正岡子規と夏目漱石』『琥珀の夢』他
「インド人もびっくり」――『少年と空腹』中公文庫
赤瀬川原平（あかせがわ・げんぺい　一九三七―二〇一四）芸術家、作家。『超芸術トマソン』『老人力』他
「カレーライス」――『食い意地クン』新潮文庫
久住昌之（くすみ・まさゆき　一九五八―）漫画家、エッセイスト。『孤独のグルメ』（原作）『線路つまみ食い散歩』他
「カレーのマナー」――『地下鉄の友』講談社文庫
泉麻人（いずみ・あさと　一九五六―）コラムニスト。『大東京23区散歩』『東京いい道、しぶい道』他
「セントルイス・カレーライス・ブルース」――『新・ちくま文学の森11　ごちそう帳』筑摩書房
井上ひさし（いのうえ・ひさし　一九三四―二〇一〇）劇作家、小説家。『吉里吉里人』『シャンハ

イムーン』他

「処女作前後　ライス・カレー」――『僕はトウフ屋だからトウフしか作らない』日本図書センター

小津安二郎（おづ・やすじろう　一九〇三―一九六三）映画監督。『麦秋』『東京物語』他

「カレーライス」――『男性自身』新潮社

山口瞳（やまぐち・ひとみ　一九二六―一九九五）作家、エッセイスト。『江分利満氏の優雅な生活』『礼儀作法入門』他

「カツカレーの町」――『現代詩手帖4月臨時増刊　寺山修司〔1983～1993〕』思潮社

ねじめ正一（ねじめ・しょういち　一九四八―）詩人、作家。『高円寺純情商店街』『商人』他

「カレーライスとカルマ」――『人生の旅をゆく2』幻冬舎文庫

よしもとばなな（一九六四―）作家。『キッチン』『おとなになるってどんなこと？』他。現在は吉本ばなな名義

「紙のようなカレーの夢」――『喰いたい放題』光文社文庫

色川武大（いろかわ・たけひろ　一九二九―一九八九）作家、雀士。『離婚』『狂人日記』他

本書は二〇一三年二月にパルコ・エンタテインメント事業部より刊行された『アンソロジー　カレーライス!!』に増補・再編集を加えたものです。
なお、本書中には今日の見地からは不適切と思われる表現や語句がありますが、作品発表時の時代背景と作品の価値を鑑み、そのまま掲載いたしました。

JASRAC　出1809268―801

アンソロジー
カレーライス!! 大盛《おおも》り

二〇一八年九月十日 第一刷発行

編 者 杉田淳子（すぎた・じゅんこ）
発行者 喜入冬子
発行所 株式会社 筑摩書房
東京都台東区蔵前二―五―三 〒一一一―八七五五
電話番号 〇三―五六八七―二六〇一（代表）
装幀者 安野光雅
印刷所 星野精版印刷株式会社
製本所 株式会社積信堂

ISBN978-4-480-43542-2 C0195

ちくま文庫